一膳めし屋丸九

中島久枝

時代小説文庫

角川春樹事務所

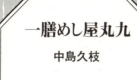

目次

一膳めし屋 丸《まる》九《きゅう》

第一話　一所懸命の千住ねぎ

一

夜明けにはまだ半時（一時間）ほどある。

一日に千両動くと言われる日本橋《にほんばし》北詰の魚河岸《うおがし》からほど近く、丸九《まるきゅう》という小さなめし屋がある。

如月《きさらぎ》の空は暗く、凍《い》てつくような風が吹いている。だが、丸九の厨房《ちゅうぼう》ではかまどの火が赤く燃え、朝の仕込みの真っ最中だ。

おかみのお高《たか》が大鍋《おおなべ》にたぎった湯にかつお節をふたつかみ入れた。かつお節はねじれ、よじれて沈み、やがてやわらかなかつおだしの香りが厨房に満ちた。だしはみそ汁の命、うまさの素《もと》だ。

お高はみそ汁の具にする千住《せんじゅ》ねぎをまな板にのせた。すらりとした千住ねぎは雪のように白く、まな板にのせて菜切り包丁で切るとシャキシャキと気持ちのいい音を立て、切り口から水が染み出してきた。

――こういういい材料にあうと、うれしいよ。こっちの腕が上がった気がするねえ。

亡くなった父の九蔵《きゅうぞう》がいたら、きっとそう言って顔をほころばせただろう。九蔵は両国《りょうごく》の英《はなぶさ》という料亭で板長をしていた男だった。それでもなお、いや、そういう男だからこそ、素材の良し悪《あ》しがどれほど仕上がりに関わるか、身を以《も》って知っていたに違いない。

その父が亡くなって、お高がこの店を引き継いだのは二十一歳のときだった。それから八年、ありがたいことに店は流行《はや》り、毎日、たくさんのお客がやって来る。そして父が心配した通り、お高は嫁に行くこともなく、今年、二十九歳になった。肩にも腰にも少々肉がついたが、きめの細かい白い肌はつややかで、髷《まげ》を結った黒々とした髪は豊かだ。黒目勝ちの大きな瞳は生き生きとして、はりのある声が店に響く。丸九に来て、お高の顔を見ると元気が出ると言われている。

父が英を辞め、丸九を開いたのは、ひとつには病に倒れた母のそばにいてやりたかったためであり、もうひとつは働く男たちのために、うまい飯を食べさせたかったからだ。

――人の体は食べたもんで出来ている。たまに食べるごちそうじゃなくて、毎日食べるおまんまが大事なんだ。

九蔵はよくそう言った。

英は名店と言われる店だったから、料理も贅沢《ぜいたく》なものだった。飛脚《ひきゃく》で取り寄せた走りのかつおや青いみかんが当たり前のように膳《ぜん》に並んだ。

――たまには、そういうごちそうもいい。だけど、働く体をつくるのはそういうもんじゃなくてさ、白い飯と汁とちょっとのおかず。それなんだよ。

だから、丸九は朝も昼も白飯に汁、焼き魚か煮魚、煮物か和《あ》え物と漬物、それに小さな甘味《かんみ》だけだ。小さな甘味はお高が店を引き継いでから加えた。自分が甘い物が好きだったせいもあるが、食事の後に甘い物を食べるとほっとする。忙しく働く男たちにひと息入れてもらいたいのだ。思いのほか好評で持ち帰りを頼む客もいる。そのほか、五と十のつく夜は店を開く。このときは酒を出す。もっとも酒の肴《さかな》はごく簡単なものしかない。


東の空が白むころ、三升《さんしょう》炊きの大釜《おおがま》の重い蓋《ふた》を持ち上げて湯気とともに白い泡があふれだした。中では熱い汁が渦《うず》を巻いていて、米粒は踊るように上下しているに違いない。あと少しで甘味が出来上がって、ふっくらとやわらかい白飯が炊き上がる。

寒空の中、ひと仕事終えた男たちが腹をすかせてやって来る時刻である。

「お近《ちか》ちゃん、遅いねぇ」

お栄《えい》が独り言のようにつぶやいた。お栄はそろそろ五十に手が届くという女で、九蔵がいた頃から丸九で働いている。ぽたぽたとお餅《もち》のような肌をして、細い目に小さな口。時々厳しいことを言う。

「また、寝坊したのかしら」

お高もつい咎《とが》める口調になる。

お近は二十日ほど前、お高の幼なじみの政次《まさじ》が連れて来た娘だ。以前いた娘が辞めてしまい困っていたところだったので、ちょうどよいと来てもらうことにした。お近はやせて小さな顔にくりくりした目ばかり目立つ娘で、そばかすがある。父親を早く亡くし、母親とふたり暮らしだそうだ。愛想がよくて明るいからお客の受けはいいが、少々ちゃらんぽらんなところがある。寝坊したと言って朝の仕込みに遅れて来るし、洗い物を頼めばそこらを水びたしにする。

「まぁ、今時の若い子はそんなもんだ」と政次が言うので、お高はあまりやかましく言わないようにしている。

「そろそろ時間だ。お近を待っていても仕方ない。のれんをあげて開店だ」

お高が言ったとき、そっと裏の戸が開いてお近が入って来た。

「おはようございます」

眠そうな腫《は》れぼったい目をしている。

「なんだい、その顔。しょうがないねぇ。さっさと井戸端で顔を洗っておいで」

お高は思わず、声をあげた。

「すみません」

お近はぺこりと頭を下げると、下駄《げた》の音を鳴らして井戸端に駆けていった。

丸九の朝一番のお客は、河岸《かし》で働く男たちだ。江戸前の魚を釣る漁師や蔬菜《そさい》を運んで来た船頭やその荷を運ぶ人足たちである。一様に日に焼けて、肩の肉が盛り上がり、大きな声をしている。すでにひと仕事すませて腹をすかせている。

「お待たせしました。今日は千住ねぎと薄揚げのみそ汁、いわしの生姜煮《しょうがに》、たくわん漬け。甘味はお汁粉《しるこ》です」

お高がのれんを掲げ、おかずを伝えると「待っていたよ」と男たちは声をあげ、つぎつぎと店に入って来て、十人も入れば満員の店はたちまちいっぱいになった。

「今朝も寒いねぇ。熱い汁が恋しいよ」

「それより飯だ。腹が減って倒れそうだよ」

背を丸め、凍《こご》えた手をさすりながら男たちは口々に言った。

大きな飯茶碗《めしぢゃわん》にぴかぴかと光る白飯を大盛りにし、おなじく大きな椀《わん》になみなみと汁を注《つ》ぐ。脂ののったいわしは生姜と醬油《しょうゆ》、酒でこっくりと煮て、糠《ぬか》と塩だけで漬けたたくわんを添える。

江戸っ子の最高の贅沢は銀シャリだ。三杯飯も珍しくない。ざぶりと汁をかけてまず一杯平らげて、少しお腹《なか》が落ち着いたところでお代わりをもらい、いわしとともに味わう。三杯目は白飯にいわしの汁をかけ、たくわんとともに。最後のお汁粉でようやく、人心地つくというわけだ。

「まいどあり。おひとり様お帰りです」

お近の声が響く。

「いらっしゃいませ。おふたりさん、奥のお席、空いてます」

さっきの寝ぼけ顔はどこへやら。その声は明るく、屈託《くったく》がない。

朝一番のお客の波が去ると、少し手が空いてお高たちの朝ご飯になる。残った汁を椀に注ぎ、お櫃《ひつ》のご飯にじゃこと塩でもんだ大根の葉っぱを加えて握り飯にした。お近は遠慮なく真っ先に手をのばし、握り箸《にぎばし》でたくわんを突き刺した。

「お近ちゃん、今朝、遅かったね。何か、あったの？　朝は忙しいんだから、ちゃんと来てくれないと困るんだよ」

お高は小言を言った。

「すみません。朝、おっかさんに起こしてもらったんだけど、また寝ちゃったんです」

お近はもぐもぐと口を動かしながら、悪びれずに答える。

「寝ちゃったって、あんた。仕事だよ」

　お栄があきれたように言った。

「だって、寒いし暗いし。大変なんですよぉ」

「大変なのは、みんな同じよ。あんたまた、近所の友達と遊んで夜更《よふ》かししたんじゃないの？」

　お高がたずねた。

「えへへ。だって、遊ぼうって誘いにくるんだもの」

　お近は小さく舌を出した。

「その子は何をしているんだよ。朝の早い仕事じゃないんだろ」

　とお栄。

「居酒屋を手伝っている」

「あきれたもんだねぇ。そんな子といっしょだったら、朝起きられるわけがないよ」

　お高とお栄は顔を見合わせてため息をついた。


　朝食を食べ終えてひと息つく暇もなく、ひと仕事終えた仲買人《なかがいにん》や仕入れをすませた板前たちがやって来る。さすがに三杯飯は少ない。口数少なく、静かに食べてすぐに席を立つ。何も言わないが、味にうるさい人たちばかりである。

お高はもう一度だしを取り、新しいみそ汁を用意した。

九蔵が病に倒れ、お高が店を引き継ぐと言ったとき、厳しい目をして言った。

――いいか。変わったもん、目新しいもんを出そうなんて思うんじゃねぇぞ。そいで、材料には金を惜しむな。あすこの店に行ったら、あれが食える。そう思ってお客は来る。それが大事なんだ。お客をがっかりさせるんじゃねぇぞ。

お高は今もその言葉を守っている。河岸にあがったばかりの活《い》きのいい魚、みずみずしい旬《しゅん》の野菜、米とみそ、かつお節は上等のものを使う。汁は何度も煮返さず、かつお節やみその香りがとばないうちに出している。

その日は河岸で働く男たちの中に、信二郎《しんじろう》と勘助《かんすけ》、もうひとり新顔らしい双鷗《そうおう》画塾《がじゅく》の塾生が混じっていた。

双鷗画塾は林田《はやしだ》双鷗という絵師の私塾で、丸九とは歩いてもすぐのところにある。林田双鷗は幕府の御用も承《うけたまわ》る天下に名の知れた絵師だ。画塾にはその教えを受けるため、全国から精鋭が集まっている。双鷗の許しを得て師範《しはん》ともなれば仕官の道も開けるし、国元に戻って画塾を開くこともできる。

信二郎は武士の生まれで、五年ほど、この双鷗画塾で学んでいる。面倒見がよく、新しい者が入ると、必ずこの店に連れて来て飯を食わせた。

「お高さん、ふた月ほど前に入った仙吉《せんきち》です。どうぞよろしくお願いします」

信二郎は隣にいる商人髷《あきんどまげ》の新顔を紹介した。年は二十をいくつか過ぎたくらい。まだ幼さの残る細い目と丸い鼻をした若者だった。

「どうだ。仙吉、この店の汁も飯もうまいだろう。ここで食うと力がでる」

信二郎は膳を前にして言った。

「銀シャリだぞ。光っている。さすがに江戸だ」

勘助も続ける。

三人は旺盛《おうせい》な食欲を見せて食べはじめた。

九蔵は食べるときにはその人間の素地が出ると言った。だから、お高はお客たちの食べる様子が気になる。

信二郎は大柄な男で、えらが張った四角い顔で力のありそうな太い指をしている。だが、食べている様子は生真面目《きまじめ》で繊細な感じがする。勘助は始終きょろきょろと周りを見て落ち着かない。気が小さく、人の顔色を読むようなところがあるのかもしれない。

そこへいくと、仙吉は初めての場所なのにゆったりと落ち着いている。食べる姿がきれいなのは、育ちの良さを感じさせた。幼く見えるが、芯《しん》は強く、自分の思いにまっすぐな人ではないかとお高は思った。

ご飯のお代わりを持って来たお高に、仙吉は汁椀を手に取ってたずねた。

「このねぎは千住ねぎですよね」

「その通りですよ。よく分かりましたねぇ」

お高は答えた。

「私は千住の生まれなのです。子供の頃から食べていますから、分かりますよ。生のときはシャキッとしているけど、火が入るとやわらかくて甘味がある。うれしいなぁ。ここで食べられるとは思わなかった。やはりねぎは千住にかぎりますよ」

仙吉は顔をほころばせた。

「ご飯もおいしいですね。私は代々の百姓ですから、米ひと粒を育てる苦労を知っています。だから、父も祖父もご飯をまずく炊くとすごく怒るんです。毎朝、じいやが真剣な顔をして炊いています」

飯炊きはたいてい女の仕事だ。じいやが炊くというのは、かなりの量を炊くからではあるまいか。とすれば、この若者の家には使用人が何人もいる。百姓といっても相当な土地持ちかもしれないとお高は思った。

新参者の若者が思いがけず味が分かるらしいので、勘助は少し悔しかったのかもしれない。急に先輩顔をして江戸の名物を語りだした。

「しかし、仙吉。江戸にはいろいろとおいしい店があるぞ。神田《かんだ》の浜屋《はまや》のかき揚げを食べたか？」

「まだです」

「今度食べてみるといい。こんなに厚くて、桜えびが入っている。うまいぞ」

「ああ、わしもこの前食べた。うまかったなぁ。評判通りだ」

勘助は浜屋の噂《うわさ》をはじめた。

お高は困ったなぁと思った。

勘助は流行りの食べ物を知っていると得意になっているのかもしれないが、この時間、店にいるのは板前や仲買人ばかりである。浜屋のことは先刻承知。浜屋の主人がどういう男であるかも分かっている。屋台をひいて金を貯《た》め、両国にてんぷら屋を出した。一時はずいぶん流行ったが、調子にのって遊興に走り、たった五年でつぶしてしまう。それから三年、日本橋の市場の道に落ちている野菜を拾って金に換えながら、次の一手を必死に探っていたというような裏の事情にも精通している。

だから、この場で食べ物屋の噂話をするのは恥ずかしい。得意そうにしていれば、しているほど滑稽《こっけい》になる。

この男はそんなことにも気づかないのだろうか。

「まぁ、そのくらいにしておけ」

信二郎が言ったときはほっとした。

朝飯の波が過ぎ、しばらくすると昼になる。

朝に変わらぬ大にぎわいで、午後の遅い時間まで人がきれることがない。昼に炊いた飯が終わると店じまい。この日は五の日で夜また店を開けるから、それまで休みである。

「ふたりとも疲れたでしょ。奥の畳でひと休みしてください」

お高が鍋《なべ》を洗いながら言った。

「あぁい」

お近は返事とも、うめきともつかぬ声をあげて足をさすった。

「ちょっとお近、なんだよ、雑巾《ぞうきん》から水がぽたぽた落ちているじゃないか。ちゃんと絞ったのかい？」

お栄が声をあげた。壁の棹《さお》にかけた雑巾から水がしたたり落ちている。

「絞りましたよぉ」

お近は口をとがらせた。

「じゃあ、あたしが見てるからもう一度やってごらん」

お近は雑巾を手に取ると、そのまま握った。

「あんたのそれは握り絞りって言うんだよ。それじゃあ、水が切れるわけないよ。貸してごらん。いいかい、雑巾はこうやって絞るんだ」

お栄はお近の手から雑巾を取り上げると、右手を順手、左手を逆手に持った。

「それで、ぎゅっと脇をしめる。手首もひねる」

たちまち水があふれて土間に落ちた。

「へぇ」

お近は目を丸くした。

「こうすれば力を入れなくても水が切れる。わかったかい」

「ありがとうございます。ひとつ覚えました」

案外素直にお近は言った。

お近は家で何も教わって来なかったのだと、お高は思った。箸の持ち方も知らないし、戸の開け閉めも乱暴だ。来た早々うるさいことを言ってはいけないと黙っていたが、お栄も気になっていたのだろう。

これからは、こうやって、ひとつひとつ覚えてもらうことにしよう。

お高はうなずいた。

そのとき、のれんをおろした戸を小さくたたく者がいた。

お高が開けると、双鷗画塾の仙吉が立っていた。

「忘れ物ですか？」

「いえ、そうではなくて。お願いがあります。ご商売をしている店にこんなことをうかがうのは、本当に失礼だと分かっておりますが、私にご飯の炊き方を教えていただけないでしょうか」

仙吉はていねいに頭を下げた。

昔からお高は世話焼きで、人から頼まれることも多い。親身になって相談にのってやるのが常だ。

お高は店に入ってもらい、床几《しょうぎ》をすすめた。

「双鷗画塾にはまかない飯があると聞いていましたけれど。あなたがご飯を炊くのですか？」

お高はたずねた。

「はい、画塾にはまかないがあります。双鷗先生も、みんなといっしょにそのご飯をいただきます。でも、そのご飯がひどくまずい。糠臭《ぬかくさ》いのです。なんとかもう少し上手に炊いて、先生においしいご飯を食べていただきたいのです」

まかないを作っているのは、お豊《とよ》という女で手が痛いと言ってろくに研《と》がずに炊いている。ご飯が糠臭いのはそのせいではないかというのである。

「いつもどれくらいのご飯を炊いているのですか？」

お高はたずねた。

「塾生が十五人、師範の先生が三人いらっしゃいますから、一日三回、二升ずつ炊いています」

「ずいぶん、たくさんですねぇ。失礼ですけど、今までご自分でご飯を炊いたことはありますか？」

「いえ、まったく初めてです」

「それじゃあ、まず、先生の分だけ炊くようにしたらどうですか？」

お高が言うと、仙吉はなるほどとうなずいた。

言葉で説明しても分からないだろうからと、厨房に呼んだ。

「私がやりますから、見ていてくださいね」

仙吉は懐《ふところ》から筆と紙をとりだした。

「まず、ざるにお米を入れてさっと水をかけて砂などのごみを落とします。それから桶《おけ》に移し、水をかけて研ぎます」

米は洗うではなく、研ぐという。米についた糠を落とすのである。

「お米は乾いていますから、あっという間に水を吸い込みます。手早くしないと糠の臭《にお》いがしみこんでしまうんですよ。親指の根元の肉の厚い部分で押すように研いだら、きれいな水をかけてすすぎます。あまり力を入れるとお米が割れますから気をつけて」

仙吉は真剣な表情で見つめている。

「ありがとうございます。帰ったらすぐにやってみます」

ていねいに礼を言って帰っていった。

丸九には双鷗画塾の者たちが何人も来る。塾生は裕福な家の子弟が多く、味にうるさかった。口々に飯や料理がうまいとほめたが、米の炊き方を教えてくれと言ったのは、仙吉が初めてだ。

「今時めずらしい、いい心がけだよ。なかなか見どころがあるね」

お栄がほめた。

「礼儀正しいし、話していても気持ちがいいのよ」

お高もうなずく。

「でも、なんだか、もっさりして、いかにも田舎《いなか》もんって感じ」

お近がつまらなそうに言ったので、お高は驚いた。

「自分のことは棚にあげて、よく言うよ」

お栄が目を三角にして怒った。

「だってさぁ、政次さんは丸九には粋《いき》でいなせないい男がたくさん来るよって言ったんだよ。だけど、朝は汗臭い男ばっかりだし、昼に来るのは所帯持ちだ。いい男なんかひとりも来ないよ」

「あんた、そんな気持ちで働いているの？」

お高の声が高くなった。どうりで朝は遅れてくるし、めし屋で働いているのに米の研ぎ方ひとつ覚えようとしないわけだ。

「じゃあ、あんたの言ういい男っていうのは、どういう男だよ」

お栄の声がとんがった。

「話が面白くて金離れがよくてさ、いっしょにいて楽しい男かな」

「そりゃあ、遊び者だよ。そんなのといっしょになったらろくなことにならないよ」

お栄が言うと、お近は馬鹿にしたように白目をむいた。お栄の最初の亭主は病気がちで早死にしたし、次の亭主は乱暴者だった。一方、お高は所帯を持ったことがない。そんなあんたたちに男のことでとやかく言われたくないという顔をしている。

生意気だと腹が立つが仕方がない。

「遊びまわるのもいいけど、店にいる間はちゃんと仕事をしてね」

お高は言った。


西の空が赤くなって夕暮れである。その日は五のつく日で、夜は酒を出す。

お高がのれんをあげると、常連の惣衛門《そうえもん》と徳兵衛《とくべえ》、お蔦《つた》が連れ立つようにやって来て、奥の席に陣取った。この三人はほとんど毎日ここで昼飯を食べ、五と十のつく日は夜にも来る。ありがたいお客である。

「とりあえず、お酒とつまみをお願いしますよ。後は適当にやっておりますから」

そう言ったのはかまぼこ屋の隠居の惣衛門である。六十をいくつも過ぎているが見事な銀髪で、若い頃はさぞやもてただろうと思われる役者顔だ。

「それじゃあ、あとはみなさんでよろしくお願いしますね」

お栄が青菜の白和《しらあ》えときんぴらごぼうに徳利《とっくり》三本、黒蜜《くろみつ》をかけたところてんを運んだ。

お蔦がさっそくところてんに手を伸ばす。お蔦は端唄《はうた》を教えている。五十をいくつか過ぎているらしいが、なんとはなしに色香が漂う。酒もいけるが、甘い物にも目がなくて、酒のあてに黒蜜をかけたところてんやわらび餅、甘い団子を食べる。

「なんだよ、お蔦さん。熱燗《あつかん》にところてんか、妙な組み合わせだねぇ」

徳兵衛が口をとがらせた。狸顔《たぬきがお》の丸っこい体つき。人の好《よ》さそうな酒屋の隠居である。

「分かっちゃいないねぇ。冷たいところてんとあったかいお酒でちょうどいいんだよ」

お蔦は口をとがらせて、ちゅるんとところてんを吸った。その口元が妙に色っぽい。

「あたしは青菜の白和えがいいですね。豆腐がなめらかなんですよ」

惣衛門は白和えに舌鼓《したつづみ》を打つ。

「俺はきんぴらだな。きんぴらとかけて大泥棒ととく」

徳兵衛はさっそく得意のなぞかけである。

「その心は……」

惣衛門がうながす。

「どちらも一味《いちみ》が活躍します」

あははと自分で笑って、きんぴらに一味唐辛子《とうがらし》をふった。ふと、顔を上げてたずねた。

「しかし、家でつくるとこんな風にシャキッといかないんだ。なんか、コツがあるんだろうねぇ」

「おほめいただきありがとうございます。コツってほどのもんはないですよ。父に教わった通りをやっていますからね」

お高は厨房から顔を出して答えた。

「ああ、親父《おやじ》さんのね。名人、直伝《じきでん》ですよ」

惣衛門がうなずく。

「あの人は板前だから、手の込んだ料理ももちろんうまい。だけどさ、こういう、家でもつくれるような、さりげない、ふだんの料理に心を配るってのがいいねぇ」

徳兵衛が続ける。

「あの人は粋だったよ。色気があるっていうのかねぇ。なんだか、ちょいとほっとけない気持ちにさせられるんだ」

お蔦が言った。

「それはどうも」

お高は頭を下げた。

九蔵は男前というわけではなかった。えらが張って眉が太く、家ではいつも気難しそうな顔をしていた。だから、子供のお高は九蔵が怖かった。見方が少し変わったのは、丸九をはじめて、いっしょに働くようになってからだ。

思いがけず、九蔵はよく笑った。

千住ねぎが白いと言って顔をほころばせ、いわしに脂がのっていると喜んだ。お客がほめると、さらにうれしそうになった。

九蔵の頭の八割は料理のことで埋められていたのではあるまいか。

不器用でまっすぐな男だった。それを傍《はた》から見ると粋とか、色気があると映るのだろうか。

「しかし、まぁ、こう言っちゃ悪いけど、九蔵さんの味を知っている俺からすると、やっぱり、お高さんの料理はもひとつだねぇ」

徳兵衛が言いだした。

「言われてみればそうですねぇ。九蔵さんの料理は遊びがあるっていうかね、名人が肩の力を抜いて、さらさらっとつくったっていう感じがしましたよ。筆で言ったら草書《そうしょ》ですよ。そこいくと、お高ちゃんのはまじめで一所懸命な楷書《かいしょ》だ。きちんとしているけど、面白味がない」

惣衛門が続ける。どうも妙な風に話が転がりはじめているらしい。

「楷書とはうまいこと言ったねぇ。その通りだ」

お蔦がうなずく。

「つまりさ、色気がないんだよ。女はさ、触れなば落ちんってところがないとね。声なんか、大きいからいいってもんじゃないよ」

徳兵衛が言いにくいことをはっきりと言った。厨房でお栄が自分のことのように渋い顔をし、お近が「その通り」とうなずいているのが見えるようだ。

「あい、すみません。でも、こういう性分なんで」

お高が空いた徳利を持って戻ろうとすると、徳兵衛が追い打ちをかける。

「若いんだからさ、浮いた噂のひとつ、ふたつあってもいいねぇ」

「いいえ。私はもう、この店を回すので精いっぱいですから」

「何言ってんだよ。あんたの顔を見たくて通ってくるって男の五人や十人、いなくてどうするんだよ。まったく意気地《いくじ》がないねぇ」

とお蔦。

それは意気地の問題だろうか。困って入り口の方を見ると、ちょうど政次が入って来たところだった。

「なんだ、お三人で酒盛りかい。いいねぇ」

政次はお高の幼なじみで、今年二十九になる。色が浅黒く、大きな強い目をしている。胸板が厚く、首も腕も太い。父の跡を継いで仲買人となって十年、このあたりのまとめ役、面倒見のいい兄貴分となっていた。

「いやさ、お高さんに浮いた噂のひとつもなくて、年ばっかり食っちまうから、三人でちょいと背中を押していたところだ」

お蔦が言った。

「そこがお高さんのいいところじゃねぇのか？　一膳めし屋が白粉《おしろい》臭くなっちまったら、こっちは落ち着いて飯も食えねぇ」

そう言って笑って三人の仲間に加わった。

酒を運んできたお近に目を留めた。

「ところでお近。お前、ちゃんと働いているか？　この店は俺が口を利いたんだからな、恥をかかせるなよ」

政次が厨房に声をかけた。

「大丈夫。ちゃんとまじめに働いています」

お近が答えた。

「へ、何が大丈夫だよ。毎朝、遅れて来るくせに」

お栄がわざと聞こえるように厨房から大きな声で言った。

「なんだ、お前、朝、起きられないのか？」

政次は茶碗酒《ちゃわんざけ》を手にたずねる。

「暗いし、寒いし、眠いしさ。政次つぁんはいい男が来るって言ったけど、そんなのひとりもいないよ。がっかりだ」

お近は口をとがらせた。

「しょうがねぇなあ。お前、何にも分かっちゃねぇなぁ」

政次は大きな声を出した。

「お前、この店の飯がいくらか知っているだろ。そば一杯なら二十四文《もん》ってところが相場だが、ここは三十五文。安くはないんだ。それが食えるってのは人より稼ぎがいいからだ。そこらでちょろちょろ安酒飲んで、女をからかっているやつと一緒にするな」

「おお、いいこと言うじゃねぇか、もっと言ってやれ」

端の方で飲んでいた職人らしい男たちから声があがった。

お近は何か言いたそうに頰《ほお》をふくらませた。

「まだ、信用しねぇんだな。よし、明日、俺がとびっきりのいい男を連れてくる」

「ほんとう？」

お近は疑わしそうな目をした。

「嘘《うそ》なんかつくか。しっかり顔を洗って待ってろよ」

大見えを切った。

翌朝、政次はひとりの若者を連れて来た。

「漁師だ。名前は剛太《ごうた》。年は十六。どうだ、いい男だろ」

たちまちお近の目は剛太に吸い寄せられた。

潮風に焼かれた若い肌は赤茶色に焼けて、髷《まげ》はさっきまで海で泳いでいましたとでもいうように明後日《あさって》の方を向いている。体はまだ細く、首やおとがいはほっそりとして清潔そうだ。顎《あご》のとがった小さな顔の細い目がまぶしそうにお近を見た。

「毎日、親父の船で兄貴といっしょに漁に出ている。こいつの親父は名人でな、魚がどこにいるのか分かっている。穴子《あなご》でも、鰈《かれい》でも、すずきでも、形が良くて身がしまって、脂ののっていいのを釣り上げる。高値で売れるんだ。だから、こいつもいい漁師になる。友達になっておいて損はないぞ」

剛太は政次の言葉に照れたように白い歯を見せて笑い、お近は頬を染めた。

「お近はさ、まぁ、ちょいといい加減なところもあるけどさ、素直な気立てのいい子なんだ。うるさ方も贔屓《ひいき》にするこの店で働いて、あのおかみさんに仕込まれているからさ、しっかりもんになるよ。まぁ、仲良くしてくれ」

剛太はぺこりと頭を下げ、お近は「よろしくね」と言った。

朝の漁を終えてきた剛太は気持ちのよい食欲を見せて、三杯飯を平らげ、甘味のお汁粉に目を細めた。お近はすっかり剛太が気に入ったらしく、ほかのお客はほったらかしで政次と剛太のあたりをうろうろしている。

「俺はあんまり酒は飲まねぇから、甘いもんがうれしいよ。この汁粉はうまいねぇ。このもちもちした白いもんはなんて言うんだ？」

「白玉《しらたま》団子って言うんだよ。今朝、あたしが粉をこねてつくったんだ。よい加減にまとまってるだろ？」

得意そうに言う。

お近がしたのは、粉に水を加えてまるめただけだがそれでもつくったことには変わりない。

「手の平を返すっていうのは、このことだねぇ」

厨房で話を聞いていたお栄がにんまりと笑った。

昼を過ぎ、ひと段落した頃、仙吉がまたやって来た。

「昨日はありがとうございました。先生がとても喜んで、毎回、私に飯を炊いてほしいと言われました。それで汁もつくってさしあげたいのですが、だしの取り方を教えていただけないでしょうか」

「それはかまいませんけど、そんな風にまかないばかりつくっていたら、絵の勉強がおろそかになりませんか？」

お高はこの師匠思いの青年が心配になってたずねた。

「そのことは大丈夫です。双鷗先生は料理に目をつけたのは感心だと喜んでくれました。今の私に必要なことであるとおっしゃるのです。うちの塾生は人並み以上の技量がある。天分にも恵まれている。伸ばさなければならないのは、見る力だと教えられました」

見るとは色や形を見るだけを指すのではない、指で触れたときの感覚や匂《にお》い、その用途まで考えることだ。

「刀ならどうしてこの形をしているのか、紙が切れるのか、藁《わら》を切るためのものか、人を斬《き》れるほどの力があるのか。そこまで考えて初めて見ることだとおっしゃるのです。おいしいご飯を炊くために工夫をすることも、見ることにつながるとほめてくださいました」

たしか九蔵もよく似たことを言っていた。

――板前は包丁を握っているばかりじゃだめだ。いわしならいわし、鯛《たい》なら鯛が、どこの海でどんな風に生きているのか、どうやってここまで運ばれて来たのか、そういうことを考えなくてはいけない。

この青年は双鷗から期待されているのではないだろうか。

「すみませんねぇ。双鷗画塾は入るのも難しいけれど、師範になって残れるのはほんのひと握りと聞いていたので心配してしまいましたよ。余計なことでしたよね」

お高が言うと、仙吉はにこにこと笑った。

「いえいえ、当たり前です。そもそも私のような者が入れる場所ではないのですよ。でも、以前から父が双鷗先生と知り合いで、そのご縁で入門を許されました」

だしの取り方、汁の作り方に和え物など、お高はひと通りを教えた。

「先生は甘い物はお好きですか？　お汁粉なら簡単に出来ますよ」

お高が言うと、仙吉はぜひ教えてほしいと言う。

お高は小豆《あずき》の煮方と白玉団子の作り方を伝えた。仙吉はていねいな字でひとつひとつ書き留めて帰った。

二

十日ほどが過ぎた。近所の神社の白梅《しらうめ》が小さな花をつけた。

相変わらずの寒さだが、春は近づいているらしい。

あれ以来、お近の遅刻はぴたりと止まった。朝の返事からして元気がいい。とはいっても、漁師の剛太とは店で会って話をするだけらしい。なにしろ剛太の家は品川《しながわ》で、父親や兄とともに夜明け前に漁に出て、戻ったら船や竿《さお》、網の手入れをしなくてはならない。お近と遊んでいる暇はないのだ。

「ねぇ、お高さん。漁師のお嫁さんになるなら、魚のことを知らないといけないかなぁ」

「そうねぇ」

　ずいぶん気が早い。お近も案外かわいらしいところがあると、お高はおかしくなった。

「あんた、左平目《ひだりひらめ》に右鰈《みぎかれい》って言葉を知っている？」

お近は首を傾《かし》げた。

「左の方に目がついているのが平目、右に目がついているのが鰈よ」

「ああ、そういう意味か。じゃあ、鰺《あじ》の小さいのはいわし？」

「はぁ？」

お高は目を白黒させた。

「あんた、鰺といわしの区別も分からないかい？ 毎日のように、ここのおかずで出していたじゃないか」

お栄が素《す》っ頓狂《とんきょう》な声を出した。

「うーん、そんなこと、言われてもさ。今まで、あんまり魚のことはよく見てなかったから」

魚だけでなく、丸九で扱う野菜も豆もろくに見ていなかったのではあるまいか。

「あんた、家ではどんなものを食べていたの？」

お高は改めてお近にたずねた。

「長屋の隣の部屋に魚屋がいたから、あらとか、売れ残った小魚とかもらっておっかさんが焼いていた。野菜も豆腐も売れ残りを分けてもらって汁にしていた」

「汁のだしは？」

「だしって、あのかつお節のこと？　そんなのないよ。みそがあるときはみそをいれるし、なければ塩だけ」

「そう」

お高はやっと気づいた。食うや食わずの貧しい暮らしとは、そういうことだ。まずいとか、おいしいとか以前に、腹を満たすことが大事なのだ。

父の九蔵は板前だったから、家でも味にうるさかった。ご飯がやわらかいの、硬いのからはじまって、汁やおかずの味にも文句を言った。母は父の言葉に鍛《きた》えられ、贅沢ではないがきちんとした食事を用意した。

「ここにいる間に少しずつ料理のことも覚えていったらいいわね。料理って面白いのよ」

お高が言うと、お近は素直にうなずいた。

政次が来たとき、お近は近くに使いに出て、いなかった。

「どうだ？　あれからお近はちゃんとまじめに働いているか？」政次がたずねた。

「まじめも、まじめ。朝はちゃんと遅れずに来るようになった。この前は、漁師のおかみさんは魚のことを知らないとだめかなぁって聞くから教えてあげたわ」

「そりゃあいいや」

政次は声をあげて笑った。

「いつだったかな、そこの神社の縁日で剛太といっしょにいるところを見かけたぞ。あとふたり、友達らしいのがいたけどな」

「あら、そんな話、全然聞いていないわ」

お高は言った。

「剛太に、お前、こんなところで遊んでいて、明日、ちゃんと船に乗れるのかって言ったら、大丈夫です、明日はしけだから漁には出ませんって答えやがった」

「本当にしけになったの？」

「ならねぇよ。だけど、翌朝、親父と兄貴といっしょに船にいた。あいつ、どうやって品川まで帰ったのかね」

お高と政次は顔を見合わせてくっくっと笑った。

昔、政次も十六ぐらいだった頃、そんな遊び方をしていたものだ。お高もほかの仲間といっしょに連れ立って、縁日や花火に行った。

あの頃の政次はもっとやせて、ひょろひょろと背ばかり高く、少々いい加減なところのある男だった。それがいつの間にか大人の顔をして、自信ありげにふるまっている。女房、子供を持って一家の柱となったからだろうか。父の跡を継いで仲買人になり、力をつけて来たからだろうか。

「まぁ、温かく見守ってやろうじゃないか」

政次は言った。

仙吉はしばらく姿を見せない。その日も双鷗画塾の信二郎と勘助のふたりが来ただけだった。

「信二郎さん、聞きましたか？　仙吉のやつ、先生の写生のお供を命じられたんです。ここに来てもう三度目ですよ」

勘助は不服そうな言い方をした。お高は仙吉という名前が出て、耳をそばだてた。

「なんと、写生か？　わしは五年もいるがまだ二度しかお供したことがないぞ」

信二郎は驚いたように言った。

「私なんか、一度もありませんよ。悔しいと思いませんか？」

勘助は頰をふくらませた。

やはり、仙吉は双鷗に目をかけられているのだ。

「見ることを学べ」などという言葉はある程度以上の技量の者にしか言わないことだ。お高はひそかにうなずく。

「でも、先生のご指名なら仕方があるまい」

「あの男は飯を炊いて先生に取り入ったんです。ほかの者もそう言っています。やり方が姑息《こそく》ではありませんか」

勘助はいたちに似た小さな目をきょろきょろさせて憤慨した。

お高は腹を立てた。飯を炊いたのは先生に取り入るためではない。おいしいものを食べてもらいたいという純粋な気持ちからだ。

自分は何もしなかったくせに、どうしてそんなことが言えるのだろう。

「まぁ、それだけではないだろうが」

おだやかに信二郎は勘助をなだめた。

「それで我らは相談したのです。仙吉に我らの分も飯の支度《したく》をさせようということに決まりました。そうすれば、仙吉は自分の課題をする時間がなくなります」

「そんなかわいそうなことをするな」

「しかし……」

「写生のお供にお声がかかったのは、あいつの力だ。飯を炊いたからではない」

「そうでしょうか」

「おぬしだって気づいているだろう。あいつは来たときからうまかった。わしらがあれこれ迷っているうちに、あいつは仕上げてしまう。まるで最初から紙に下絵でも描いてあるように思えるほどだ」

「しかし、早ければいいってものでもないでしょう?」

「遅くていいことはない」

そう言うと、信二郎は飯を食べた。

そうだ。その通りだ。信二郎という男はなかなかいいことを言うとお高は溜飲《りゅういん》を下げた。

いつの間にかお高はすっかり仙吉の味方になっている自分に気づいた。

しばらくして信二郎はふと箸を止め、つぶやいた。

「この頃、わしは自分の絵がどんどんへたになっていくような気がする。どうやったら先生にほめられるだろうか、認められるだろうか、そんなことばかり考えて描いている。だから、どんどん絵が小さくて窮屈《きゅうくつ》になった。自分でも分かるんだ。描いていてもちっとも楽しくない」

お高は信二郎の気持ちも分かった。

双鷗画塾の秀才と比べては申し訳ないが、父の傍《そば》で働いていたとき、お高は同じような思いを感じていた。父はあまりに偉大だった。近づこうとしても近づけない。料理を知れば知るほど、父は遠くなっていった。

「そんなことはありませんよ。信二郎さんの絵はいい。堂々としています」

勘助が言った。

「そんな風に言ってくれるな。そういうことは自分が一番分かっている。だから、仙吉がのびのびと思うままに描いているのを見ると、うらやましくなる。わしも双鷗画塾に来たばかりの頃は、あんな風だった。新しいことをどんどん学び、描くたびにうまくなる気がした。描くのが楽しくて仕方なかった。夢の中でも絵を描いていた。あの頃に戻りたい」

「そんなことを言わないでください」

「すまん、愚痴《ぐち》になった」

信二郎の横顔は淋《さび》しげだった。


それより三日ほど過ぎたが、仙吉は丸九に姿を現さなかった。お高は気になって双鷗画塾に寄ってみることにした。

画塾は表に立派な看板がかかっている、大きな二階家だった。中からは人の気配がする。裏に回ると、井戸端で仙吉がたすきがけで二升の米を研いでいた。その脇には髪の白い、腰の曲がったおばあさんがいた。この人がまかないのお豊であるらしい。思った以上にお豊が年をとっていたので、お高はびっくりした。

仙吉はざるで米を研ぎ、お豊が上から桶《おけ》の水を注いでいるところだった。重い水桶を持つお豊の手が震えている。

「仙吉さん、私が手伝います」

お高は声をかけると、お豊から水桶を受け取ってざるに流した。仙吉は少しぎこちない様子で米を研いだ。

「大丈夫ですよ。その調子で白い水が出なくなるまで研いでください」

その言葉に仙吉はザクザクと音を立てて、調子よく米を研いだ。

「塾生全員のご飯を炊くことになったんですか？」

「そうなんですよ。先生が飯がうまいって喜ばれたので、ほかのみんなも私にご飯を炊いてほしいと言いだして。でも、二升となると大変です」

「それはそうですよ。腕が疲れるでしょう」

「腰もぱんぱんになります。それより、丸九のおかみさん、どうしたんですか、こんなところまで」

「いえ、しばらくお見えにならないんでね、なんだか心配になって見に来たんですよ。あ、それからね、私のことはお高って呼んでくださいな。みんなそう呼んでますから」

ふと見ると、お豊が端《はた》の方で腰をおろして、肩で息をしていた。

「あの方がひとりでまかないを作っているんですか？」

「そうなんです。前はもうひとり、もっと若い男の人がいたそうなんです。でも、その人が辞めてしまって、今はお豊さんひとりになってしまいました」

「それで二十人分？　大変ですよ」

これでは、ご飯が少々糠臭《ぬかくさ》くなっても仕方がない。

「だから、私が手伝うことになりました」

「野菜や魚はどこで買っているんですか？」

「振り売りが毎日届けてくれます。お金は月毎《つきごと》にまとめて払っています」

お高は周りを見回した。ざるに大根とねぎがのっていた。大根はやせて硬そうで、ねぎも葉が枯れている。

「悪いけれど、あまりいい品ではないですね」

「そうなんですよ。なんだか、売れ残りを押し付けられているような感じがするときもあるんですよ」

仙吉が苦い顔で言った。

「ご自分で市場に買い出しに行ったらどうですか？　もっと安くていい品物が手に入りますよ。なんなら、私がご紹介します」

お高が言うと、仙吉が笑った。

「そこまでやったら、本当にまかない専門になってしまいますよ」

それでお高も笑ってしまった。仙吉は絵の修業のためにここに来ている。

「失礼しました。そうでしたね。だけど毎日こんなことをしていたら、ご自分が絵を描く時間がなくなってしまうんじゃないですか？」

「大丈夫ですよ。これが終わったら、ちゃんとやりますから」

「先生から命じられた絵の方も進んでいるんですか？」

仙吉は一瞬、不思議そうな顔をしたが、すぐに笑顔になった。

「もちろんです。ご安心ください。ちゃんとみんなに遅れずについていっています。それより、こちらは初めてでしょう？　せっかくだから、中をご案内しますよ。といっても、ちょっとのぞくだけですけど」

台所から中を見せてもらった。一階は十五人ほどの塾生たちがてんでに絵を描いていた。お手本を前にしている者もいれば、かごの中の小鳥やうさぎを写生している者もいる。十代、二十代の若者が主で、武士に町人、職人髷《まげ》を結った者もいる。女がふたり混じっているのにも驚いた。

「右の方は先生のお嬢さんで、左の方は越後《えちご》の方から来た方です。ここは絵を学ぶ場ですから、男も女も、武士も町人も関係ないというのが先生のお考えです」

「二階は先生のお部屋ですか？」

「ええ。先生と師範代がお仕事をされています」

「お城の屏風絵《びょうぶえ》を描いたりしているのですか？」

お高がたずねると、仙吉は穏やかにほほえんだ。

「そういうお仕事もありますが、記録のための絵画を描くのも大切な仕事です」

幕府が購入した新しい鉄砲に大砲、軍艦、西洋のめずらしい道具、機械などを精密に描く。地図や海図、古い絵巻物、仏画を寸分たがわぬように正確に模写するというのも、大きな仕事の柱であるという。

「その量が膨大で先生方は毎日、朝から夜遅くまで根《こん》を詰めて仕事をされていらっしゃいますが、それでも追いつかないのです。ですから私たち塾生も早く技術を身につけて、お役に立てるようになりたいと思うのです」

仙吉の目は澄んで、眼差《まなざ》しはまっすぐだ。

「ここでは毎日絵のことだけを考えていられます。師範の先生も良い方ばかりで、先輩たちもやさしい。私は幸せ者です」

その先輩が丸九で言っていたことを思い出して、お高は少し胸が痛んだ。この男は自分が陰で何を言われているのか知らないのだろうか。

いや、気づいているに違いない。

写生の供を命じられたことで、先輩たちがやっかんでいる。

すぐに先生の分だけでなく、みんなの分の飯もつくれと言われた。それが何を意味しているのか分からぬはずはない。

気づいていながら、素知らぬふりをしている。

幼く見えるが、案外根性の据《す》わった男であるようだ。

「頑張ってくださいね」

「はい。今日はありがとうございました。いつも以上においしいご飯が炊けそうです」

　仙吉は明るい声で言った。

三

　寒さがひと段落したのか、穏やかな日が続く。雲ひとつない青空が広がっている。風もなく、気持ちのよい日だ。どこかで里に下りて来たうぐいすが鳴いている。

　相変わらず、仙吉は丸九に姿を現さない。

　朝の遅い時間、信二郎と勘助が連れ立ってやって来た。信二郎の顔つきがいつもと違う。どこか暗く、沈んでいるようだった。ふたりの話し声が厨房に聞こえて来た。

「先ほど、双鷗先生に呼ばれた。これから、どうするつもりだと聞かれたよ」

　信二郎が言った。

「どういう意味ですか？」

　勘助が遠慮がちにたずねた。

「そろそろ国に帰ったほうがいいのではということだ。引導《いんどう》を渡されたんだよ」

　双鷗画塾の年限は五年である。その間に師範に引き上げられなければ塾を去らねばならない決まりだ。

「国元から文《ふみ》が来た。息子は五歳になったそうだ。江戸に来るとき、妻の腹が大きかった。その子がもう五歳だ」

「一度も帰っていないのですか？」

「ああ。師範になるまでは帰らぬと決めたんだ」

「そうだったんですか」

それから、ふたりはしばらく無言で飯を食べた。

「どうして帰れる？ 舅《しゅうと》はわしが狩野永徳《かのうえいとく》の生まれ変わりだぐらいに思っているんだぞ」

「困りましたね」

「なんとかならぬかと一縷《いちる》の望みを託していたが、結局なんともならなかった」

肩を落とした。

「しかし、国元に帰って舅に何と言おう？ あなたの見込み違いでございました。江戸には私くらいの腕前の者は掃いて捨てるほどおりましたと言おうか」

苦く笑った。

「他人事《ひとごと》とは思えません」

「何を言う。おぬしはまだ三年だろう。あと二年、希望があるではないか」

「いや、いや」

ふたりはそれきり黙った。

双鷗画塾には全国の精鋭が集まると聞く。このふたりも子供の頃から絵が好きで、得意で、国元では天才と噂されていたのかもしれない。ところが画塾に来てみたら、本物の天才、鬼才がいた。己の限界を思い知らされた。

切ないことだが、それぞれ生まれ持った器《うつわ》というものがあるらしい。

それは努力では埋まらない。

父の九蔵は生まれ持った料理の才があった。

名料亭の英に奉公に出たのが十歳で、最初はほかの者と同様、掃除と洗い物である。だが、十五の年には先輩を追い抜いて煮物の係になった。その後も焼き物や汁などをつぎつぎに経験して、二十五歳で板前になった。そんな若さで板前になったのは父が最初だったと、後で聞いた。

本人の努力があったことはもちろんだ。

だが、天性のものに恵まれていた。

同じ道を歩むようになって、お高はそのことに気づいた。

もしかしたら、あの男も、そのことに気づいたのかもしれない。

お高の心に、ひとりの男の顔が浮かんだ。

父の九蔵が英の板長をしていたときに下にいた男で、父といっしょに丸九に来た。父はずいぶん、その男のことをかっていた。男も父に憧《あこが》れていた。父のすべてを学びたいと言っていた。

男は三年ほど丸九にいたが、もっと多くのことを知りたいと出ていった。

そのときお高は十七だった。

恋というには幼いけれど、心惹《ひ》かれていた。

男は三年、いや五年後には必ず戻ると、お高に言った。

それまで待っていてくれと。

だが、いつしか文は途絶え、男の行方も知れなくなった。

「お高さん」

お近の声で気がついた。

汁を注ぐ手が止まっていた。

戸が開いて、何度か来たことのある双鷗画塾の男が入って来た。

「信二郎さん、ここにいらしたんですか。お聞きになりましたか？　仙吉のこと」

仙吉の名前が出て、お高は耳をそばだてた。

「門下生に取り立てられるそうです」

「まだ、入ってふた月ではないか」

勘助の声がとがった。

「ひと月でも、ふた月でも、双鷗先生が認めたらそうなのだ。中山《なかやま》師範から聞いたから間違いがない」

　男が言った。

「くそ。やつめ。飯炊きで取り入ったか」

　勘助がいきりたつ。

「まだ、そんなことを言っているのか。おぬしだって分かっているだろ。仙吉とわしらは腕が違う。わしの絵は紙の上にきれいに描いてあるだけだが、あいつの絵は生きている。匂いも手触りもある」

　信二郎はどこか達観したように言って立ち上がった。

「勘定《かんじょう》を頼む」

　そう言った背中が淋しそうだった。


　ふたりが帰って少し後、仙吉がやって来た。にこにこと笑顔である。

「ご無沙汰《ぶさた》しました。じつは千住に帰っていたのです」

　みやげだと言って佃煮《つくだに》を手渡してきた。

「まあ、こんなにたくさん」

　お高が重たいほどの包みを開くと、うなぎにはぜ、葉《は》唐辛子《とうがらし》に山椒《さんしょう》の実などの佃煮がぎっしりと入っている。

「佃煮なら江戸が本場だと言っても、母や祖母がきかないのですよ。野菜や魚の干物もたくさん持たされました」

「かわいがられているんですね」

「いつまでも子供扱いで困ります。じつは今度、先生について上方《かみがた》に行くことになりました。しばらく江戸に戻って来られないので、その前に親に顔を見せてこいと先生に言われたのです」

上方のある寺に伝わる古い絵巻物を写すのだそうだ。

「代々の帝《みかど》が大切にしていた物で、ふつうでは見ることもかなわないと聞きました。四百年も前のものなのに、昨日描いたもののように朱も藍《あい》も鮮やかで、まるで今にも動きだしそうなのだそうです。すごいと思いませんか？　本当に双鷗画塾に来てよかった。今から楽しみです」

「もしかして、師範代になられたのでは？」

「ああ、いやいや。私など師範代見習いというところです」

仙吉は明るい目をして言った。

信二郎は引導を渡され、仙吉は師範代に取り立てられる。技量の違いと言ってしまえばそれまでだが、残酷なものだ。ふたりの立場はくっきりと明と暗に分けられた。

お高はそんな思いを隠してたずねた。

「上方は初めてですか？」

「ええ。箱根《はこね》より先は行ったことがありません。あちらの料理は材料も仕立て方も江戸とはまったく違うそうですね。うどんの汁が透き通っていると聞いて驚きました」

仙吉はいたずらっぽい目をした。

「だから、上方に行く前にこちらのご飯をきちんと食べておきたいと思って、ここへ来ました。上方のご飯がどれほどおいしいと言っても、私は東国《とうごく》の生まれです。やっぱりこっくりと甘辛い醬油《しょうゆ》の味が好きです」

「まぁ、それはありがたいこと」

その日は白飯と汁、鰈《かれい》の煮つけに里芋《さといも》の煮転がしにたくわんというお膳である。仙吉は顔をほころばせて箸を取った。

「もともと私の父は絵描きになりたかったのです。でも、跡取りですから許されませんでした。そんなことがあったので私は惣領《そうりょう》息子でしたが、妹に婿《むこ》を取るということで絵の道に進むことが許されたのです。ですから、父や母には本当に感謝しております」

ああ、この味だと言って、仙吉はみそ汁を飲んだ。

「千住は俳諧《はいかい》を楽しんだり、絵を描いたり、道楽者が多い土地なんですよ。ご存じですか？　私のおじいさんの頃、酒合戦《さけかっせん》があったのです」

文化《ぶんか》十二（一八一五）年、飛脚宿の主人の還暦を祝って酒合戦が行われた。とにかく酒をたくさん飲んだ者が勝ちというたわいもない勝負だが、立会人となったのは絵師の酒井《さかい》抱一《ほういつ》、谷文晁《たにぶんちょう》、書家で儒学者《じゅがくしゃ》の亀田《かめだ》鵬斎《ぼうさい》で、『後水鳥記《ごすいちょうき》』と題した記録をまとめたのは狂歌や戯作《げさく》で知られた蜀山人《しょくさんじん》、太田《おおた》南畝《なんぽ》である。

名前を聞けば誰でも知っているような人々がやって来て、一日楽しく遊んで帰ったのは、以前から千住と深いかかわりがあったからである。宿場町《しゅくばまち》千住の豊かな商人や百姓は俳諧に親しみ、文人墨客《ぶんじんぼっかく》を客人としてもてなしてきたのだ。

「もしかして、仙吉さんのお宅には酒井抱一や谷文晁の絵もあるんですか？」

「ええ。何枚かありますよ。もちろん双鷗先生の絵も。掛け軸や屏風《びょうぶ》に仕立て、祝い事のあるときには飾らせていただいてます。うちにあるのは淡彩の小さなものですが、伯父《おじ》の家には立派な富士山と鷹《たか》の絵があります」

当たり前のような顔をして言う。

つまり、仙吉は子供の頃から本物を見て育ったのだ。画だけではない、書画骨董《こっとう》に食べるもの、着るものまで、さまざまな美しいもの、よいもの、おいしいものに触れてきた。仙吉の才は小手先のものではない。もっと豊かな、広がりを持ったものに違いない。

お高はまぶしいような思いで仙吉をながめた。

その日は十日で、夕方から酒の出る日だった。

惣衛門、徳兵衛、お蔦の三人に政次など、丸九の常連がかわるがわるやって来て、酒を楽しんでいった。

かなり遅くなった頃、仙吉を中心に信二郎と勘助、ほかに三人ほどの双鷗画塾の者が入って来た。仙吉をねたんでいたはずの者たちが、仙吉を囲んでいる。そのことがお高は少し気になった。

すでによそで一杯ひっかけてきたようで、六人はそろって赤い顔をしていた。

「いらっしゃいませ。奥へどうぞ」

お近が大きな声で、小上《こあが》りをすすめた。

「この男が我らを飛び越して師範代に出世した。明日から、上方に旅立つというので壮行会をしているのだ」

勘助が大きな声で言った。

「おめでとうございます。すごいですねぇ」

愛想《あい》よくお近が言って酒と肴《さかな》を運ぶ。その日はかますの一夜干しに玉子焼き、青菜のごま和《あ》えである。お高はそれに千住ねぎのぬたを加えた。みずみずしい千住ねぎをさっとゆでて、酢みそであえたものだ。火を通した千住ねぎは中のほうがとろりとやわらかくなって甘い。それにかまぼこを加えた。

「ああ、うれしい。千住ねぎですね」

仙吉はすぐに気づいた。

「上方のねぎは青くて細いそうですよ。ぬたはしばらくいただけないかと思いましてね」

お高が言った。

双鷗画塾の六人はさらに盃《はい》を重ねた。

酔えばやはり絵の話になる。写生の極意は、色付けはと議論をはじめた。仙吉は言葉少なく、みんなの話を聞いている。

「お前はどう思う？　黙っていないで意見を言ったらどうだ」

ひとりの男が仙吉にたずねた。

「いや、みなさんそれぞれに工夫があって、すばらしいです。私などはただ、見たままに形をとって色をつけているだけなので」

「なんだ？」

男は眉をしかめた。

「それが師範代様の言う言葉か。おぬし、本当は手の内を我らに教えたくないのではないか？」

相当に酔っているらしく、仙吉の肩にだらりと腕をおいた。

「とんでもない。先生がよく見て描けとおっしゃったので、ただそれだけを肝《きも》に銘じて描いています」

「ふうん」

男はそうつぶやくと腕をはずし、つまらなそうに酒を飲んだ。

それから双鷗画塾の男たちはまた、絵の話をはじめた。仙吉はその間黙ってみんなの話を聞いている。

いつの頃からか信二郎もしゃべらなくなった。うつむいて、ひたすら飲んでいる。

「お近ちゃん。双鷗画塾の人たちにはお酒はもう出さないからね。今度呼ばれたら、私が行くから」

お高はお近に伝えた。

「もう、いい加減、帰ってもらった方がいいんだけどねぇ」

お栄も心配そうな顔をしている。

そんな風にして時間が過ぎた。ほかのお客たちはみんな帰って、店には双鷗画塾の六人だけになった。

突然、信二郎が顔を上げた。そして叫んだ。

「わしはな、お前のような奴《やつ》が大嫌いなんだ」

仙吉はびくりとして、向かいに座る信二郎をながめた。ほかの四人も驚いたように信二郎を見つめた。信二郎の顔は青く、目が据わっている。

「お前はなぁ。お前は、いつも穏やかな顔をして、人から何を言われようと、どう思われようとどこ吹く風だ。そのくせ、やるべきことは着々とこなしていく」

信二郎は太い指で仙吉の顔を指さし、ふらふらと立ち上がった。

「わしは、そういう図々《ずうずう》しさが嫌いなのだ。ふてぶてしさに腹が立つんだよ」

つかみかかろうとするように足を一歩前に踏み出した。お膳が倒れ、皿の中の料理が飛び散った。お栄がすばやく近づいて、お膳や皿を片づけはじめた。

「気に障《さわ》ったら申し訳ありません。謝ります。さっきの私の言葉がいけなかったのでしょうか」

仙吉は頭を下げた。

勘助がなだめて、信二郎を座らせた。体がゆらゆらと揺れている。

「わしがお前を嫌いになったのは、最初からだ。最初に会ったときから我慢していた。だが、もう限界だ。嫌なんだよ。お前の顔を見たくない。お前みたいな奴は大嫌いなんだ」

「どうしたんですか？　落ち着いてください。信二郎さんらしくないですよ」

勘助が肩をたたいた。

「わしらしくない？　いいんだ。これがわしの本性だ。前々から言いたかったのだ。腹に据えかねていたんだよ。今日、言わなければ言うときがない。だから言ってやる」

「お願いです。そんな言い方をしないでください」

仙吉が悲鳴のような声をあげた。

「双鷗画塾に入って、最初に声をかけてくださったのは信二郎さんですよ。それからも、いろいろなことを気にかけて、教えてくださいました。こうしてみなさんと親しくさせていただけるのも、信二郎さんがいたからです。本当にありがたいと思っていました。私は信二郎さんが好きです。尊敬しています。どうして、そんなことをおっしゃるのですか？」

「うるさい。そんな体裁のいいことを言うな。どこが嫌いなのか、教えてやろう。お前はまかないの係でもないのに、飯を炊いた。最初は先生の分だけだったが、ほかの塾生に言われてみんなの分も炊きはじめた。一回二升、日に三回だ。朝は人より早く起きて、夜も遅くまで片づけをした。みんながお前に飯を炊かせたのは、お前に絵を描く時間を与えたくなかったからだ。それを分かっていながら、素知らぬ顔をして飯を炊いた。炊き続けた」

「そんなことはありません。だって、みなさんは喜んでくれたじゃないですか。どうして黙っているんです。なぜ、違うと言ってくれないんです。難しい課題に取り組んでいると、お腹がすく。ご飯だけが楽しみだって言いましたよね。そうじゃなかったんですか？　あれは、心にもない言葉だったんですか？　私を陥《おとし》れるための言葉だったんですか？」

　仙吉は男たちの顔を見まわした。

「違いますよね。ほかの方たちもどうなんですか？」

男たちはうつむいたり、目をそらしたりした。

「さあ、もう、店じまいです。お引き取りください」

お高が割って入った。それを潮《しお》に、みんなは帰り支度をはじめた。

だが、信二郎は大きくふうと息を吐くだけで動かない。

「今日、わしは先生から引導を渡されたよ。これ以上ここで学んでも見込みはないから、国に帰ったらどうかってさ。そんなこと、とっくに分かっていたさ。朝から晩まで白い紙に向かって、うなるばかりで、結局大した絵は描けないのだ。時間のむだ、紙のむだ、絵の具のむだだ。それでも、少しはましな物がひねり出せるのではないだろうかとしがみついていた。そんなわしをお前はどう見てた？　わしは知っているんだぞ。お前が氷みたいな冷たい目でながめていたことをさ」

仙吉をにらみつけた。

「とんでもないです。信二郎さんの絵はいい絵です。先生も認めていらっしゃいました。どうしてそんなことをおっしゃるんですか」

「嘘をつけ。だったら、どうして国に帰れなどと言われなければならないのだ。わしはお前のそういうところが嫌いなのだ。お前という男はおとなしげににこにこ笑っているが、腹の中は真っ黒だ。何を考えているのか分からないんだ。だから、こうしてやる」

信二郎は仙吉につかみかかろうとした。勘助が必死でその手をつかんだ。

「だめですよ。信二郎さん。喧嘩《けんか》をしたら破門《はもん》です。殴ってはだめです」

信二郎は勘助を振りほどこうとして、倒れた。叫び声をあげがらなおも手を伸ばし、仙吉を殴ろうとしている。ほかの塾生がふたりがかりで信二郎を引き離した。

お高は桶《おけ》の水を持って来て、信二郎の頭からざばりとかけると言った。

「さあ、本当におしまいです。これ以上騒ぎを起こすようなら、双鷗画塾の方は出入りをお断りしますから」

信二郎は泣きだし、塾生に抱えられるようにして店から出ていった。

店には仙吉だけが残された。

お栄とお近が掃除をはじめた。水びたしになった小上りをふいて、まだ残っている皿小鉢や猪口《ちよこ》を片づけた。

その間仙吉は顔を真っ赤にしてうつむいていた。目に涙をいっぱいにためていたが、泣いてはいなかった。

「大丈夫ですか？」

お高が声をかけると、そっと顔を上げた。

「申し訳ありません。ご迷惑をおかけしました」

「いいんですよ。飲み屋なら、こんなことはしょっちゅうです」

お高は言った。

「先輩たちにいろいろ言われているのは気づいていました。でも、それは先生に目をかけていただいているのだから仕方のないことだと思っていました。だけど、信二郎さんだけは違うと思っていたんです」

切れぎれの声でつぶやいた。

「いつも、やさしい言葉をかけてくださっていましたものね」

「尊敬して、頼りにしていました。あんな風に思われていたなんて、思ってもみませんでした。私はおいしいものが好きだから、みんなにもおいしいものを食べて欲しかったのです。絵を描く時間が少なくなっても、喜んでもらえるならそれでもいいと思っていました」

「分かりますよ。分かっていますよ」

お高は仙吉の背中をなでた。

「信二郎さんはあんな風に言ったけれど、あれは本心じゃないですよ。私はそう思います。先生から引導を渡されて、悲しくて辛《つら》くて、その気持ちがあなたに向かってしまったんですよ。そうでなかったら、今まであんな風に親身になって世話を焼いてくれるわけないじゃないですか。ほかのみなさんだって、そりゃあ、少しは悔しい気持ちやうらやましい気持ちもあったでしょうけど、心の底から憎くて足を引っ張ったりはしていなかったと思いますよ」

「そうでしょうか？」

「そうですよ。だって、仙吉さんはいい人だもの。まっすぐで、やさしくて。そのことをみんな知っていますよ。みんな仙吉さんの炊いたご飯をおいしいと言って食べたんでしょう。本当に嫌いだったら、食べませんよ」

　仙吉は肩を震わせて泣きだした。


　翌朝、まだ明けきらぬ時分、お高たちが朝の仕込みをしているとき、そっと丸九の戸をたたく者があった。

　戸を開けると、背を丸めた信二郎がいた。

「あれぇ、あんた、どうしたの？」

　お近が大きな声をあげた。

「昨日はご迷惑をおかけしました。お恥ずかしい限りです」

　信二郎は頭を下げた。見れば旅支度をしている。お栄とお近は顔を見合わせた。

「許していただけないとは思いますが、ひと言ご挨拶《あいさつ》をしたかったのでうかがいました。私は塾を出ることにいたしました。国に帰ります。本当に申し訳ありませんでした。こちらにうかがうのを楽しみにしておりましたが、こんな風にお別れを言うことになるとは思ってもいませんでした。足りないとは思いますが、これは昨日の分です」

「あの後遅く塾の方が見えて、お代はいただきました。もう、済んでいるんですよ」

「いえ、これはお納めください」

信二郎は両手を膝《ひざ》について頭を下げた。

「もう、いいんですよ。手を上げてください。こんな商売をしていますから、たまにはね、店で喧嘩をする人がないわけじゃないんですよ。そりゃあ、少しびっくりしましたけれどね」

お高は言った。

「あんた、昨日はずいぶん飲んでいたようだけど、自分の言ったことを覚えているのかい？　かわいそうに仙吉さんはずいぶんしょげていたよ」

お栄は大根を千六本に切りながら言った。

信二郎は力なくうなずいた。

「あんなことを言うつもりはなかったんです。でも、幸せそうな仙吉の顔を見たら、なんだか、急にむしゃくしゃして、気がついたら怒鳴っていたんです」

「おかげで掃除が大変だったよ」

かまどに薪《まき》をくべながらお近が恨みがましい言い方をした。

「本当に申し訳ありません」

信二郎はもう一度頭を下げた。

鍋は白い湯気をあげていて、厨房はご飯の炊ける匂いと、醬油と砂糖とみそが合わさった甘じょっぱい匂いが混じり合っている。

信二郎の腹が鳴った。

「情けないな。こんなときでも腹がすく。わしはそういう人間だ」

その言葉にお高は思わず噴き出した。信二郎という男がかわいらしく見えた。

「朝ですもの。お腹がすきますよ。もうすぐご飯が炊けます。お国に帰られるなら、ここで朝ご飯を食べていきませんか？」

信二郎はうれしいような、困ったような不思議な顔をした。

「よろしいですか？」

「お代はいただきますよ。お客さんですもの」

「ありがとうございます」

信二郎が座ると、お高は炊きたてのご飯にしじみの汁、いわしの丸干しをあぶって出した。

お膳に向かって信二郎は両手を合わせた。箸を持つと、大事そうに白米を口に運んだ。

「うまいなぁ」

しみじみとした声を出した。

「田舎じゃあ、麦飯でした。ひえや粟《あわ》、大根なんかを混ぜてかさを増やしていたんです。

五人扶持《ふち》で、両親にじいさん、ばあさん、兄弟も五人いる。それじゃ暮らしていけないから、畑を耕して作物を育てた。二本差しだなどと言っても、百姓と変わらない。米の飯を腹いっぱい食べたのは江戸に来てからだ。塾のまかない飯は糠臭《ぬかくさ》いと仙吉は言ったけれど、私はそれが米の味だと思っていた。そんなもんです」

お高は白いねぎの表面を黒くなるまで焼いて皿にのせた。

「ねぎのこんな食べ方もあるんですよ」

外側の黒く焦げた皮をむくと、中から湯気とともに白い皮が現れた。口に入れると、じゅわっと甘い汁があふれてくる。

「驚いたなぁ、ねぎはこんなに甘いものだったのか」

信二郎はしみじみと言った。

「これは千住ねぎですよ。生のときはシャキシャキしてさっぱりとした辛味《からみ》があるけれど、焼くととろけるようにやわらかく、甘くなります」

「そうか、これが仙吉の言っていた千住ねぎか。あの男はこんなうまいものを食べて育ったのか。やっぱり、違う。かなわないなぁ」

遠くを見る目になった。

「双鷗先生は私に欠けているのは見る力だとおっしゃいました。私は何を言われているのか分からなかった。ちゃんと色も形も取れているのに、何が不足なのだと思っていた。今、分かりましたよ。私はねぎは辛い、そんな風に決めつけていた。それ以上見ようとしなかった。何も見ていなかった」

深いため息とともにつぶやいた。

「残念なことをした」

信二郎はひと口ひと口を慈《いつく》しむように飯を食べた。最後のお汁粉では目を細め、甘さを味わっていた。食べ終わると静かに席を立った。

「これで心残りはありません。国に戻ります」
二、三歩歩いて振り返って言った。
「百姓の来年という言葉があるのを知っていますか？」

お高は首を横にふった。

「畑仕事はお天道《てんと》さんが相手だから、なかなかこちらの思うようにはいきません。遅い霜《しも》があるかと思えば、空梅雨《からつゆ》だ。そろそろ収穫かと楽しみにしていると台風が来る。だけど、いちいちがっかりしていたら、やってられない。来年はきっといい年だ。すばらしい天候に恵まれて、大豊作だ。そう思って耕すんです。どんなときにも希望を捨てないのが、百姓の生き方だ。私もそうして生きていきます。おいしいご飯をありがとうございます」

「どうぞ、ご無事で」

お高は言った。

「仙吉が来たら、私が謝っていたと伝えてください。わしはお前の絵が好きだ、人柄も、炊いた飯も大好きだ。うらやましくて、悔しくて、あんなことを言ってしまった。申し訳ない。きっといい絵描きになってくれ。祈っている」

「きっと伝えます」

信二郎を見送って外に出ると、肌を刺すような冷たい風が足元をすくった。けれど東の空は明るく染まっている。今日もいい天気になりそうだ。

第二話　心惑わすふきのとう

一

三日ほど続いた雨が止《や》んで、空が晴れた。

この間まで刺すように冷たかった風が、いつのまにかやわらかい。明るい日差しに日本橋川で遊ぶ都鳥《みやこどり》の羽根の白さがまぶしいほどだ。

八百屋の店先にも、冬の間はめずらしかった青物が少しずつ出回るようになってきた。丸九では野菜は神田《かんだ》田《た》町《まち》の青物市場の近くの八百《やお》政《まさ》に頼んでいる。九蔵がいた頃からのつきあいで、前の日に注文を出しておくと、翌朝、仕込みをしている時間に届けてくれる。

その日は頼んでいたもののほかに、ふきのとうが入っていた。

「そろそろどうだい？　香りがいいよ」

そう言って八百政のおやじはにやりと笑った。

丸九は高級な店ではないから、値段の高い走りの野菜は買えない。だが、お高は季節を半歩先取りするように心がけている。

薄緑色のふきのとうは丸く、ふっくらとしていて薄い葉をめくると、中につぼみが隠れていた。鼻を近づけると、ほろ苦い春の香りがした。

ふきのとうはつぼみが開いて花が咲くと苦みが増すので、固く葉を閉じているのが良いとされる。八百屋が持って来たのは、どれもしっかりと葉を閉じていた。

「なんですか？　それ、食べられるの？」

お近がたすきをかけながらたずねた。

「あんた、ふきのとうも知らないのかい？　これは、ふきの芽だよ。花が咲いて、茎が伸びてふきになるんだ」

お栄があきれたような声を出した。

「ふきって、あの緑色の傘みたいなやつ？　あれを食べるの？」

「昨日の昼、佃煮《つくだに》にしたのをご飯にのせて食べただろ」

「だって、あれはきゃらぶきでしょ」

「ふきを佃煮にしたのをきゃらぶきって言うんだよ。ああ、この子と話をしていると頭が痛くなっちまう」

お栄は頭をふった。

お近はおどろくほど野菜の名前を知らない。魚の名前にもうとい。家では毎日雑炊《ぞうすい》で、その時々、手元にある野菜や魚を「適当に」入れるのだそうだ。

「魚も野菜もなくて汁ばっかりというときもある。そういうときはすぐにお腹《なか》がすくよ」

お近はけろりとして、屈託《くったく》がない。

だから、お高はなるべく素材の名前を教えるようにしている。箸《はし》の持ち方や雑巾《ぞうきん》の絞り方を教えるのはお栄の役で、口やかましく言ったおかげで最近のお近は言葉遣いもしぐさもずいぶんとよくなってきた。

「そうか。ふきのとうを入れると、春の味になるのか」

お近はうなずきながら、お高の隣でお膳《ぜん》を拭《ふ》いている。

アクの強いふきのとうを刻むと、お高の指はたちまち茶色く染まった。

「春の野菜は苦いものが多いのよ。それは体が求めてるんだっておとっつぁんが言っていたわ。冬の間に溜《た》まった体の錆《さび》を落としてくれるんですって」

お高はお近に説明した。

刻んだふきのとうをみそ汁にのせるとあたりに香りが広がった。

店を開け、お高は献立《こんだて》を告げる。

「今日は子持ち鰈《かれい》の煮つけに春菊《しゅんぎく》としいたけの和《あ》え物、それにたくわん、汁はかぶの薄切りにふきのとうを散らしています。甘味《かんみ》は粟《あわ》ぜんざいです」

大きな飯茶碗《めしぢゃわん》にぴかぴかと光るような白米が大盛り、卵をはらみ、お腹を大きくふくらませた鰈は醤油《しょうゆ》と酒と砂糖でこっくりと煮た。薄緑のやわらかい春菊はゆでて、さっとあぶったしいたけと和えている。粟ぜんざいはこしあんをぽってりとするくらいに溶いて、蒸した粟の上にのせている。粟はぷちぷちとした黄色い粒で、あんとよく合うのだ。

どれもいい味に仕上がったが、今朝の一番人気はふきのとうであるらしい。

「ふきのとうか、春だなぁ」

ひとりのお客が目を細めた。

「だから、今日の合わせみそは少し辛《から》めなんだな。信州《しんしゅう》のみそか」

うなずくお客もいる。

大盛りの飯にみそ汁をざぶりとかけてかき込んでいるから、ろくに味わっていないのかと思うと、ちゃんと分かっているのである。さすがに河岸《かし》で働く者たちである。

侮《あなど》れない。

いや、張り合いがある。

お高はうれしくなった。

その日、漁師の剛太は父や兄と一緒に来た。

お近は目ざとく見つけて、剛太の近くに寄る。

「いらっしゃいませ。今日はふきのとうを散らしたみそ汁です。ふきのとうみたいな苦いものを食べると、体の錆が落ちるんですよ」

お近はさっき聞いたばかりのことを得々として講釈した。剛太は少し恥ずかしそうにうなずく。剛太の父と兄は、ふきのとうのことなども先刻承知だろうに、ふんふんと笑顔で聞いている。どうやらお近のことを気に入っているらしい。

昼にはまだ少し早い頃だ。

「おばちゃん、ご飯をお願いします」

ばあやに連れられて、海苔《のり》問屋磯屋《いそや》の六歳になるお京《きょう》と五歳の芳太郎《よしたろう》がやって来た。ふたりは毎日のようにやって来て、丸九で昼餉《ひるげ》を食べる。ふたりは丸九の一番若いお客だ。

磯屋は手広く商いをしている海苔問屋で、ふたりの母親は五年前に亡くなっている。飯炊きの女中が料理をつくるが、芳太郎は食が細い。丸九のご飯だけはおいしいと言ってよく食べるのだそうだ。

「今日のご飯は何ですか？」

お京がおしゃまな言い方でたずねた。

「子持ち鰈の煮つけに春菊としいたけの和え物、それにたくわん、汁はかぶの薄切りにふきのとうを散らしています。ふきのとうは少し苦いですが、大丈夫ですか？　甘味は粟ぜんざいです」

お高はみそ汁のわきに、小皿にふきのとうを添えて持っていった。

芳太郎は小さな手でしっかりと茶碗を持ち、上手に箸を使う。お京はしっかりもので、時々姉さんぶって芳太郎に注意をする。そんな様子がほほえましく、お高もつい目が離せなくなった。

「ふきのとう、苦くない。おいしい」

芳太郎が大きな声をあげた。

「ふたりともちゃんと食べたのね。つくった甲斐《かい》があるわ」

お高がほめるとふたりはうれしそうな顔をした。

小さな甘味はお京と芳太郎がとりわけ楽しみにしているものだ。

「あわててどんなもの？　初めて食べるよ」

芳太郎は目を輝かせる。

熱々ではなく、少し冷ましてすすめる。

芳太郎はさじですくって恐る恐る口に含む。小さな口が「あ」の形になったと思ったら、笑顔がはじけた。

「おいしいよ。つぶつぶしている。これがあわ？」

ぺろりと出した舌の上には小さな黄色い粒がのっている。

「そんなことしちゃだめ。行儀が悪い」

すかさずお京がたしなめた。

「やっぱりいい家のお子さんは小さいときから違う。躾《しつけ》が行き届いているよ」

お栄が厨房《ちゅうぼう》でつぶやく。お近へのあてこすりとも取れるのだが、お近はそんなことはまったく気にしない。

「そうですよねぇ。だいたい顔立ちがそこらの子供とは違うよ」

感心している。

おかずもご飯も汁も十分食べて、「ごちそうさま、おばちゃん、またね」と挨拶《あいさつ》してふたりは帰っていった。

しばらくすると、ふたりの父親である磯屋の主人清右ヱ門《せいえもん》がやって来た。

「おや、いい香りがするねぇ。ふきのとうか」

「先ほど、お京さんと芳太郎さんのおふたりがいらっしゃいましたよ。芳太郎さんはふきのとうをおいしいって召し上がってました。あの方は食通になりますね」

お高の言葉に清右ヱ門は顔をほころばせた。

年は四十半ば。鬢《びん》のあたりが少し白くなったが、それがまた鼻筋の通った男前に渋さを加えている。老舗《しにせ》の大店《おおだな》の主人らしい鷹揚《おうよう》な物腰で穏やかなしゃべり方をする。話といっても世間話なのだが、お高は清右ヱ門が来るのがうれしい。清右ヱ門も子供たちも、いいお客と思っている。

その日は五のつく日で夜は酒を出す。

昼間は日差しも暖かく、いい陽気だったが、日がかげると急に寒くなった。冷たい風に吹かれるこんな夜は熱燗《あつかん》が恋しくなるらしく、次々とお客がやって来た。

惣衛門、徳兵衛、お蔦《つた》の三人もいそいそとやって来た。

活《い》きのいいさばが手に入ったのでしめさばにして、後はふきのとうの天ぷらに豆腐は田楽《でんがく》で付け合わせはさっとゆでた春菊。それに千六本のみそ汁と白いご飯、お蔦のような甘い物好きのために栗ぜんざいも用意している。

「おや、ふきのとうか。もう、そんな時季か」

徳兵衛が顔をほころばせた。

「この苦みがいいねぇ」

からりと揚げたふきのとうをさっそく口に入れてお蔦が言う。

「ふきのとうっていうのはふきのつぼみでしょ。これをそのまんまおいておいたら、ふきになるんですか？」

惣衛門がたずねた。

「なんだよ。惣衛門さん、俺よりも年上でずいぶん長生きをしているのに、そんなことも知らねぇのかい。当たり前じゃないか。ふきの子供がふきのとうだ」

　徳兵衛は物知り顔で自慢する。

「似てない親子ですねぇ。まるで、あんたの所みたいですよ。子供はまじめで働きもんだけど、親父《おやじ》は遊んでばかりいる」

　惣兵衛がちくりと言えば、徳兵衛はまんざらでもない顔で、「おかげ様でこうやっておいしいお酒を飲ませてもらえます」と受けた。

　そんな調子で、半畳《はんじょう》を入れながらひとときを過ごしている三人だが、この日はお蔦が早々に席を立った。

「さて、さて、おいしい粟ぜんざいもいただいたことだし、あたしはここらでお暇《いとま》しようかね」

「どうしたんですか？　今日はやけに早いじゃないですか」

　惣衛門がたずねた。

「ちょいとお客が来るんだよ」

「お客？　この時間から？　そりゃあ、お安くないねぇ」

　徳兵衛がにやりと笑う。

「お安いかお高いか、わからないじゃないか」

「いやいや、お蔦さんのお客なら、そうに決まっている。男なんだろ。若いのか？　妬《や》けるね」

「ふふ」

お蔦は含み笑いをした。かつては深川《ふかがわ》で芸者をしていたというが、詳しいところは分からない。小さな顔に目尻の少しあがった細い目をしている。指でつまんだような鼻にふっくらとした口元、形のいい眉。首が細くて肩は丸い。弱々しく、触れなば落ちんという風《ふ》情《ぜい》だが、芯《しん》のところがしっかりとしている。時折、素手で世の中を渡ってきたという腹の据《す》わったところを垣間《かいま》見せ、それがまた男たちをひきつけるらしい。そんなわけで、お蔦の小唄《こうた》教授は流行《はや》っており、惣衛門と徳兵衛もお蔦の贔屓《ひいき》である。

お蔦がそそくさと帰ってしまうと、惣衛門と徳兵衛は少し淋《さび》しくなったらしい。

「お高ちゃん、お酒もう一本」

「徳兵衛さん、今日はこれで三本目ですよ」

お近がぴしゃりと言う。

「まあたお袋みたいなこと、言わないの。なんだよ」

すねて見せる。

「そうだ、なぞかけをしよう。ふきのとうとかけて、好きな相手との逢瀬《おうせ》ととく」

徳兵衛が言うと、「その心は」と惣衛門が続けた。

「どちらも咲き（先）より早めがいいでしょう」

「うまい」

入り口の近くで酒を飲んでいた客から声がかかった。

「じゃあ、あたしも。ふきのとうとかけて、軽業師《かるわざし》ととく」

惣衛門も続ける。

「その心は」

「どちらも身の柔らかさが大事です」

店の奥にいたふたり連れの客が笑った。

「お、いい調子だ。じゃあ、お高ちゃんもひとつ、考えてくれよ」

ちょうど徳利《とっくり》を運んで来たお高に徳兵衛が言った。

「ふきのとうとかけて」

「ううん……」

困った。

「それじゃあ……、おたまじゃくしととく」

「その心は」

「……どちらも似てない親子です」

「なんだ、そのまんまじゃないか」

徳兵衛が口をとがらせるので、お高は頬《ほお》をふくらませた。

「だめですよ。この人はまじめなんだから。楷書《かいしょ》の人ですよ。お高ちゃんにそんなことを聞くのがいけませんよ」

「そうだった」

「はい。面白味がない女ですみません」

お高は頭を下げた。

父の九蔵だったら、即座に気の利いた返事をしただろう。口八丁手八丁でお客と話をするのが好きだった。家にいるときは気難しい顔をして娘に厳しい父親だったが、店にいるときは粋《いき》でいなせな板前の顔をしていた。若い頃は芸者衆にもてたというような話も聞いた。

腕ひとつ、包丁一本で世の中を渡っていくのが板前だ。

気風《きっぷ》の良さが売り物で、すぱりと切れる包丁のように颯爽《さっそう》としている。

そういう父はお高の憧れ《あこが》で、自慢であった。

それに引き換え自分は……生真面目《きまじめ》で融通《ゆうずう》がきかない。楷書の人か。

やはり、自分は似てない親子だったと、お高は思った。

惣衛門と徳兵衛が帰り、ほかのお客も引き上げ、夜が深くなった。

かまどの火も小さくなって、急に寒さを感じてくる。遠くで犬の鳴き声が聞こえた。

最後に残ったひとりがそっと腰を上げた。

今日もこれで店じまい。

のれんをおろそうと表に出ると、人の気配があった。

政次の母親おつねだ。色白の太りじしで、政次によく似た面差《おもざ》しをしている。親切で世話焼きなところもよく似ている。

おつねは夜道を走って来たのか、額に汗をにじませていた。

「ごめんね、こんなに遅く。でも、ほら、この時間にならないとお高さんは体が空かないだろ」

「いいんですよ。どうぞ、どうぞ」

お高は店に招じ入れた。

「悪いけど、ちょっとお高さんを借りるよ」と台所のお栄とお近に声をかけ、「大事な話だからさ、ここに座ってもらえないだろうか」と近くにある床几《しょうぎ》を指し示した。それで、お高はおつねに向き合うように腰をおろした。

「ほかでもないことなんだけどね、磯屋の清右ヱ門さんを知っているだろ。この店によく来るんだってね。娘も息子も昼ご飯を食べに来るって聞いたよ」

「おかげさまで、ご贔屓をいただいております」

「その清右ヱ門さんがさっきうちに来てさ、話があるって言われたんだ」

「ええ」

「こういうことはちゃんとそれなりの人を間に立てて進めなくちゃ失礼になる。だけど、自分も年が年だから、そう堅苦しい話にもしたくない。昔から世話になっているおつねさんに、ちょいと手間をかけたいけどいいかって」

おつねはうれしそうに顔をほころばせている。何を言いだすつもりだろう。お高はいぶかしげにおつねを見た。

「早い話が、あんたに来てもらえないかって相談なんだ」

「来てもらうって？」

「だからさぁ、いっしょになってほしいって言うんだ」

「えっ」

お高は驚いた。

だが、それ以上に驚いたのは、厨房で聞き耳を立てていたお栄ではあるまいか。がたりと音がした。どうやら手に持ったお盆か何かを落としたらしい。

お高は思わず、笑いだしてしまった。

「いやだねぇ。まじめな話なんだよ」

「だって、磯屋さんは立派なご商売をしているお店の旦那《だんな》様で、私じゃ、どう考えても釣り合いませんよ」

「そんなことないよ。毎日のように通ってあんたの仕事ぶり、人柄を見て、この人ならって思ったんだってさ」

「そうなんですか？」

「あの人に惚《ほ》れたって言われたんだ」

お高は何と答えていいか分からなくなった。顔が赤くなったのが分かった。

「そうだよねぇ。あたしもそれ聞いて、思わず赤くなっちまったよ」

おつねはうれしそうにころころと笑った。

「はぁ……」

「しっかりおしよ。いい話じゃないか。お妾《めかけ》さんじゃないよ、奥様になるんだ」

「でも……」

「この店のことだろ。そりゃあ、あたしもあんたの親父さんが残した大事な店だってのは分かっているさ。だけどさぁ、考えてごらんよ。親父さんが亡くなって八年かい？　あんただってほんとなら子供のひとり、ふたりいてもいい年だ。このまんまひとりでいるつもりかい？　それじゃあ年取ったときに淋しいよ」

おつねは真顔で言った。

「あんまり急なお話で、どうお答えしていいのか分かりません。少し考えさせていただいてもいいですか？」

「ああ、いいよ。もちろんだよ。一生の話だからね。だけど、こういう話はとんとんと進めたほうがいいんだよ。じつは、清右ヱ門さんが一度、あんたとふたりで話をしたいって言っているんだ。明日の午後はどうだい？　店を閉めたあとでさ。川沿いに古橋《ふるはし》って料理屋があるだろう。あそこで、軽く食事でもしながら」

「明日、ですか？」

急に言われても……。

お高が困った顔をしていると、お栄が話に割り込んだ。

「大丈夫ですよ。明日の仕事は昼までですからね。あたしたちに任せてくださいよ。ちゃんとお客をさばいて片づけまでしておきますから」

「そうだね。そうしてもらいなよ」

お栄とおつねの間で話がまとまってしまった。

「じゃ、よろしくね。伝えることは伝えたからね。いい返事を待っているよ」

そう言っておつねは帰っていった。

「一体、何を迷っているんですか」

おつねが出ていくとすぐ、お栄がたずねた。

「だって、あんまり急な話だから……。磯屋さんといえば立派なお店だし……」

「ああ、じれったいねぇ。いい潮目《しおめ》が来たら、ちゃんとそこに乗らないとだめなんですよ。清右ヱ門さんはあの通りの渋い男前で、前の奥様を亡くして五年、浮いた話を聞かないまじめな人だ。お店は繁盛《はんじょう》していて暮らしに困ることはない。願ってもないいいお話じゃないですか」

「そうだけど……」

「かわいい盛りの子供がふたり。まぁ、なさぬ仲なんて言われるかもしれないけど、お高さんならきっとうまくやっていけますよ」

「じゃあ、この店はどうするの？」

お近がたずねた。

「それは……、なんとかなるよ。板さんを雇うとかさ」

お栄はさらりと言うが、そんなに簡単なことではない、と思う。

「それとも、ほかに気になるお人がいるんですか？」

お栄が探るような目をした。

お高の胸に一瞬、昔知っていた男の横顔がよぎった。

もう、ずっと昔に諦《あきら》めたはず。

お高は首をふった。

「いやあねぇ。いないわよ。そんな人。とにかく、あんまり急なことでとまどっちまった。

落ち着いてゆっくり考えさせてね」

まだ何か言いたそうにしているふたりに告げた。

二

翌朝、お高はいつものように藍色《あいいろ》の木綿の着物を着た。やって来たお栄が口をとがらせた。

「あれ、そんな地味ななりで。もう少し、顔映りのいい着物にすればいいのに」

「だって、仕事をするんだから、これでいいのよ」

「じゃあ、出かける前に着替えるんですよね」

重ねて言う。ちょうど入って来たお近も続ける。

「出かける前には髪結《かみゆ》いにも行かなくちゃ」

「ああ、それがいい。そうしましょうよ。片づけはふたりでなんとかしますから」

お栄は勝手に決める。

「なにもふたりで私の面倒を見てくれなくてもいいわよ」

「だって、ほっておいたらそのまんまの格好で会いに行きそうだからさ」

お栄は口をとがらせる。

「ちゃんとすればきれいなんだから、もったいないですよ」

と、お近。

「そんなこと、言われたこと、ないわ」

丈夫そうだとか、立派な腰つきと言われたことはあるが。

「殿方がみんな柳腰《やなぎごし》が好きっていうわけじゃないんですよ。お高さんは色が白くて、つきたてのお餅《もち》みたいにやわらかそうだ」

「やめてちょうだい。朝から何を言いだすの」

お高はふたりに背を向けて米を計りだした。

「でもねぇ、お高さん」

かまどに鍋《なべ》をかけながら、お栄がしみじみとした声を出した。

「この年になると、いろいろ思うことがあるんですよ。夜、寝床に入っていると体は疲れているのに妙に目が冴《さ》えて。寒さが骨にしみてくる。人間淋しいと、寒いんですよ」

「だから、この話をすすめるのね」

「こればっかりはご縁のものだから。今、この話を逃したら、お高さんがあたしみたいに独り身のままになっちまうんじゃないかと思ってね。それが心配だ。旦那さんに申し訳がない」

やせた小さな顔をつるりとなでると、お栄は冗談めかして言った。

「白髪も出るし、顔のしわが増えるし。ほら、手なんか、こんな年寄り臭くなっちまった。こうなってから、誰かいい人はいないかって言っても遅いんだよねぇ」

お栄は九蔵が丸九をはじめてすぐに来た。最初の亭主とは死別して、二度目の亭主とも生き別れたそうで、以来、独り身を通している。

「お栄さんは私の心配をしてくれていたんですね」

「旦那さんに、お高を頼むよって言われたんですよ。それからあたしは半分、母親みたいな気持ちになっていますから」

いつもつけつけと、言いたいことを口にするお栄が、このときばかりは慈《いつく》しむようなやさしい目をしていた。

ふたりの言葉に従って着物を着替え、髪結いに行くつもりだったが、その日はなかなかお客が途切れなくて、店を閉めるのが遅くなった。髪結いに行く時間がないので、お栄に手伝ってもらってなでつけた。困ったのは着物である。父親がいた頃つくった着物は派手になってしまっているし、母が残したものは地味過ぎる。結局、一番気に入っている麻の葉模様の着物にした。が、これも藍色である。それに、渋い朱色の帯を合わせた。

「これじゃあ、なんだか、ねぇ。絹のやわらかい物があればよかったのにねぇ」

お栄は残念がって繰り返した。

待ち合わせの古橋は昔からある店で、お高も何度か行ったことがある。品のいい落ち着いた佇《たたず》まいで、料理の味にも定評があった。

おかみがお高を懐かしそうな顔で出迎え、座敷に案内した。清右ヱ門は先に来て待っていた。

「今日はお招きありがとうございます」

お高はていねいに挨拶した。

「いや、そういう堅苦しいことはなしにしましょう」

清右ヱ門は手をふって制した。

丸九でお客とおかみとして顔を合わせているが、こうしてふたりで向かい合うのは初めてだ。まして、気持ちを聞いてしまった後だからお高もつい構えてしまう。

女中が膳を運んで来た。

先付《さきづけ》に煮物、焼き物。板前が腕をふるった料理である。お高は久しぶりの料理屋の味に舌鼓《したつづみ》を打った。

「今日は少しお酒を飲まれてもいいんでしょう。あらましの話はおつねさんから聞いたと思いますがね、こういう話は酒でも飲まなくちゃ切り出せない」

照れたように笑った。

「お京も芳太郎も丸九さんのご飯が好きでね、あそこでなければだめだと言うんだ。私も丸九さんのみそ汁と飯を食べると、しみじみとうまいと思う」

「そんな風におっしゃられると恥ずかしいです。父はよく言っていました。人の体は食べたもんで出来ている。だから、食べることを大事にしなくちゃいけない。毎日、ちゃんとしたものを食べていれば間違いないって。でも、材料こそ吟味《ぎんみ》させていただいていますが、ご飯も汁もおかずも、取り立てて変わったものはありません」

「そこがいいんですよ。そりゃあ、たまにはこういう贅沢《ぜいたく》な料理もいい。だけど、朝昼晩と毎日食べるものはそんなことは必要ない。季節のもので、海のものと山のものが入っていて、食べると体があったまって力が出る。そういう料理だ」

「お客さんには父の料理は自由闊達《かったつ》な草書《そうしょ》だったけれど、私はまだまだ楷書《かいしょ》のように堅苦しいって言われます」

「堅苦しいなんて、そんなことはありませんよ」

清右ヱ門は穏やかに笑った。男盛りで仕事もできる。そういうゆとりのようなものがちょっとしたしぐさからも感じられ、お高は心が安らいだ。

「料理にはつくった人の人柄がでるというじゃないですか。楷書でいいじゃないですか。生真面目で一所懸命。それがお高さんという人なんだと思います」

小さくうなずくと、清右ヱ門は居住まいを正した。

「私も先代がいらした頃から丸九の料理を食べて来た。店を継いで見様見真似《みようみまね》ではじめた頃のあなたも知っている。どういう人か、見極めているつもりだ。その上でお願いしたい。私の所に来てもらえないだろうか。私のために、子供たちのためにも」

まっすぐにお高を見つめている。お高は心が震えた。

今まで、こんな風に強く、まっすぐに見つめられたことがあっただろうか。

遠くに行ってしまった男の横顔がふと浮かんだ。そうだ。あの日の男も、こんな目をしていた。

「はい」と返事をしたい自分がいる。けれど、その一方でためらっている自分もいる。

「急に子供たちの母親になってくださいと言われたら、とまどうかもしれない。返事は急ぎません。ゆっくりと考えてください」

清右ヱ門は頭を下げた。


お高は店に戻った。お栄とお近はすべてきれいに片づけてくれていた。二階の自分の部屋にあがると、急に酔いが回った気がした。

酒ではなく、清右ヱ門の言葉に酔った気がした。

十五年前、母が重い病で床についた。母のそばにいてやりたいと父の九蔵は両国の料亭英《はなぶさ》を辞めて、日本橋に一膳めし屋丸九を開いた。母は一年足らずで亡くなってしまったが、最後まで九蔵に感謝していた。

八年前、今度は父の九蔵が病気で倒れた。そのとき九蔵はまた元気になって店に出ると言っていたから、お高もそのつもりで店を開け、働いた。思いがけず九蔵の病は重く、そのまま逝《い》ってしまった。九蔵は自分が死んだら店を閉めていいと言ったが、丸九の味を惜しむお客が多くいたので、お高は店を続けることにした。お高は店を手伝っていたから、少しは料理のことが分かっていた。いや、料理のほかにできることはなかったのだ。それに、丸九という店も働くことも好きだった。

それだけだろうか。

お高は胸に手をあてた。

また、男の顔が浮かんだ。浅黒い肌に、細いけれど強い光を放つ目。そげたような頰。なたで彫ったような粗削りな顔をしていた。けれど包丁を扱う手は繊細で、子供にやさしかった。

伊平《いへい》という名だった。

九蔵が丸九をはじめるとき、いっしょに英からついて来た料理人で、三年ほどいたがもっと料理を知りたいと出ていった。

三年、いや五年後にはかならず戻ると言ったが、いつしか便りも絶えた。

もう十二年も前になる。

いつの頃からか、心が痛まなくなった。だから、伊平のことは忘れることにした。それは人を思うことを止《や》めるということでもある。お高は仕事だけに心を向けた。

お高は大きなため息をついた。

忘れたはずの何かが、胸のうちで動きだした。


翌朝、お栄もお近もやけに早くやって来た。

清右ヱ門とはどんな話になったのか、知りたかったに違いない。

「頼りがいのありそうな、すてきな人でした」

お高がそう言うと、ふたりはうなずきあった。

「そりゃあ、よござんした」

お栄がにこにこして言った。お近も笑顔だ。

しかし、ふたりはもうその話にはふれず、いつもの仕事になった。どうやらお栄とお近はお高をそっとしておこうと話し合ったらしい。

昼になると、いつものようにお京と芳太郎がやって来て、その後、清右ヱ門が来た。忙しそうにしているお高に声をかけることもなく、帰っていった。

午後になり、のれんをおろして片づけをしているとおつねがやって来た。

「磯屋さんとのことなんだけど、どうだったかねぇ」

「すみません。すぐにお伝えしようと思っていたんですけど」

「いいんだよ。あんたは朝が忙しいんだから。磯屋さんはたいへんに乗り気でね、やっぱり思った通りの人だったってさ」

おつねは自分のことのようにうれしそうにしている。

「話を進めていいんだよね」

お栄とお近が気配を消して、耳をそばだてているのが分かる。

「でも、少し考えさせてもらえませんか」

「なんでまたぁ」

おつねは大きな声を出した。

「何を考えることがあるんだよ」

清右ヱ門は人柄もいいし、磯屋といえば大店だ。やっぱり女は好まれて嫁《とつ》ぐのが一番だというようなことを繰り返した。

「まぁ、そうだね。突然だからね。気持ちが追いつかないってこともあるか。分かったよ。だけどこういうものは、ご縁だからさ。風が吹いているときにつかまないと、つかみそこねるんだからね」

そんな風に言って帰った。

お高が台所に入ると、お栄が頬をふくらませて何か言いたそうにしていた。お近も心配そうに目をくるくると動かす。ふたりが言いたいことは分かっている。

何が不満なのだ。どうして、すぐ返事をしないのだ。

分かっている。できれば自分でもそうしたい。

けれど、何か引っかかる。

面倒な女だと思う。こういうところが楷書と言われる所以《ゆえん》なのだろうか。

お高はくるりと背をむけた。


しばらくすると、今度は政次が顔を出した。手が空いたのでふらりと寄ってみたという風をしているが、話の内容は分かっている。

「さっき、お袋が来ただろう。すまねぇな。気を悪くしてねぇか。お袋はなんでも突っ走っちまうほうだからさ。あんたの気持ちも考えねぇで悪いな」

「そんなことないわよ。心配してくださっているんだから。私がぐずぐずしているから、じれったがっていらしたのよ」

政次はひょいと古い樽《たる》に腰をかけると、何気ない風でたずねてきた。

「それで、どうするんだい？」

「まだ、決めかねているところがあるの」

「この店のことか？　まぁ、小さい子供もいるから、今まで通りってわけにはいかねぇよな」

「そうでしょう」

「まぁ、そうだろうなぁ。でも、磯屋さんはいい男だと思うよ」

「それは……、もったいない方だと思ったわ」

ふうんと言って、政次は額をかいた。お高が黙っていると声をひそめてたずねた。

「まだ、忘れらんねぇのか。伊平のこと」

「やあねぇ。そんな古い話。もう、思い出すこともないわよ」

お高はことさらに明るい声を出した。

「そうか。ならいいんだ。お高ちゃんがいい返事をしないっていうから、やっぱりそれがあるのかなって思ってさ」

政次は安心したように笑った。

「急な話だもんな。いきなり、言われてもな」

「私は不器用だから。店のこともあるし」

「そんなの後から考えればいいじゃねぇか。女の人の幸せってのはやっぱり誰かと添ったり、母親になったりすることじゃねぇのかなぁ。そりゃあ、店も大事だろうけど、ずっとこのまんまってぇのはさ。今は夢中かもしれねぇけど、年取ったら淋しくなるよ」

「そうかしら」

お高は少し腹を立てた。

どうしてみんな、淋しいとか、淋しくなるとか言うのだろう。

お栄はやっぱり何か言いたそうにしていたが、何も言わずに片づけをしていた。

「そうだわ。今日はお近ちゃんにいわしの手開きを教えようと思っていたのよ。そろそろ、魚も扱ってもらわないとね」

お高が言うと、お近が「うへぇ」とでも言うように顔をしかめた。身がやわらかいいわしは包丁を使わずに開くことができる。いわし料理の日は、お高とお栄が手開きするが、お近は生臭いとか、怖いなどと言って近寄らない。

「そうそう。漁師のおかみさんになるなら、いわしの手開きぐらいできないとね」

お栄もうれしそうな顔をした。

お高は自分の夕飯用にとっておいたいわしを取り出すと、お近に手渡した。

「こんな風にいわしの頭に右手の爪《つめ》を立てて、頭をぼきっと折るのよ。やってごらんなさい」

お近は顔をしかめ、恨めしそうな顔でお高を見た。

「ほら、やってごらんよ。いわしは噛《か》みつかないから」

お栄に言われて、「ひゃ」とか、「うっ」とか言いながらお近は頭を折った。

その後は右手の人差し指でやわらかい腹の皮を破り、わたを取り出すのである。

これもお近にとっては大仕事。

おっかなびっくりはじめたお近だが、何匹か仕上げると自信が出たらしい。

「あら、上手にできたじゃない」

お高がほめるとうれしそうな顔になった。

夕餉《ゆうげ》になるよう生姜《しょうが》をたっぷり入れて甘辛く煮て、三人で分けた。

「おっかさんには、この魚は自分で開きましたって言うんだよ」

お栄が言うと、お近はこっくりとうなずいた。

お栄とお近は帰り支度をはじめ、お高も二階の自分の部屋に引き上げようとしていたとき、徳兵衛がやって来た。

「お高ちゃん、ごめんなぁ。こんな時間にさ。休むところだったんだろ。ちょいと頼みたいことがあるんだ。お蔦さんのことなんだけどね」

両手を合わせて頼む素振りをした。

「どうかされたんですか？」

「じつは、お蔦さんのところに若い男が出入りしているらしいんだよ」

「息子さんか、親戚の方じゃないんですか？」

「そんな大きな息子がいるなんて、聞いたことないよ。まぁ、それならいいんだけどさ、最近、年寄りのところに出入りして、妙な物を買わせたりする輩《やから》がいるんだってさ。あんたも聞いたことがあるだろ。お蔦さんもああ見えて淋しがり屋だろ。ころっと騙《だま》されているんじゃないかと思って心配なんだよ」

「あれまぁ。だけどお蔦さんはそんなやわな人じゃないでしょう」

お蔦は五十を過ぎているはずだ。目尻や首には年相応のしわがある。けれど色が抜けるように白く、髪は黒々として、指先はしなやかで、少ししゃがれた低い声で話す。色町の水で洗われると女はそんな風になるのか、それとも生まれついてものなのか。女のお高でもどきりとするような色気がある。

あのお蔦なら、若い恋人がいても不思議はない。徳兵衛が心配しているのはそちらの方ではあるまいか。

お高はちらりと徳兵衛の顔を見やった。

「まぁ、ともかくさ、今夜俺と惣衛門さんとふたりでお蔦さんのところを探りに行こうと思っているんだ。けど、男ふたりで部屋に乗り込むってわけにもいかないからさ、いっしょに来てもらえないだろうか」

「私がですか？」

「あんたしか、頼む人がいないんだよ。夜、また迎えに来るからさ」

徳兵衛は拝む真似をしたまま動かない。

「分かりました」

「よし、決まった」

威勢よく答えると、困り顔のお高に見送られて帰っていった。

約束通り、暗くなると徳兵衛と惣衛門はやって来た。お高はふたりについてお蔦の家に向かった。

室町《むろまち》にあるお蔦の家は表通りから一本入った細い道にあり、黒塀《くろべい》に見越しの松のある、粋な造りだった。

雨戸から灯《あか》りがもれて、つまびく三味線の音が聞こえた。

「誰か、お客がいるのですかねぇ」

惣衛門が言った。

「お弟子さんは夜は来ないはずだから、お客さんだね」

徳兵衛は繰り返す。

若い男が出入りしているから確かめてほしいと言われて来たのだ。三味線をつまびいているなら、その若い男に決まっているではないか、とお高は思ったが黙っていた。

ふたりの顔には、中にいるのは若い男なんかじゃなく、自分たちもよく知っている近所のご隠居であってほしいと書いてある。

「お届け物がありますとか言って声をかけますか?」

お高はそのためにみかんをひとかご持って来ている。

「いやいや、それはちょっと待って。少し様子を見よう」

三味線がやんで、中から話し声が聞こえて来た。

惣衛門がそっと徳兵衛の顔を見る。徳兵衛はしきりにまばたきしている。

男が何か言う。お蔦のくすくす笑いが聞こえた。

お高の背中がぐいと押された。

「ちょいと、その、ここはご機嫌うかがいっていうかさ」

徳兵衛が言う。

「いや、いや。これで十分ですよ。あたしは反対だ。そんな人の家の気配を探るなんて趣味が悪い」

惣衛門が反対する。

「そんなことを言って。探りに行こうと言いだしたのはあんたの方じゃないか。今さらなんだよ」

徳兵衛が言う。

「分かりました。私がみかんを届けて、中の様子を探ってくればいいんですね」

あきれたお高が行こうとすると、惣衛門に袂《たもと》を押さえられた。

「やっぱり、ちょっと待ってもらえないかねぇ」

「そうだな。そうしようか」

　徳兵衛も同意する。

「じゃあ、私はどうすればいいんですか。こんな寒いところにずっといたら、風邪《かぜ》ひきますよ」

「そうつけつけ言うなよ。あんたは、人の心の機微《きび》ってもんが分からねぇんだから」

「そうそう。そういうところがまだまだ子供なんですねぇ」

　いつのまにかお高が悪者になっている。

「じゃあ、後はおふたりで。私は帰りますから」

　帰ろうとしたら、表の戸がついと開いてお蔦の顔がのぞいた。

「なんだよ。表で声がすると思ったらお揃《そろ》いで。お高ちゃんまで、どうしたんですか？

そんなとこに立ってないで、お入りよ」

　うながされて三人はのそのそと家に入った。

　座敷は火鉢があって、さっきまで人のいた気配がする。

　声の主《ぬし》はどこに行ったのか。

　徳兵衛が肘《ひじ》で惣兵衛をつつく。顎《あご》で示したその先は、ぴしりと閉めた襖《ふすま》でその向こうにはもうひとつ座敷がある。男は襖を閉めた向こうの座敷にいるのではないか。

「ちょいと待っておくれね。今、お茶を用意するから」

お蔦はすまして湯呑《ゆのみ》を取り出し、お茶をいれる。鉄瓶《てつびん》から急須《きゅうす》に湯を入れる音が部屋に響いた。

「それで、夜分にどんなご用事で？」

お蔦はすらりとたずねる。分かっているくせに。なかなか意地が悪い。

「いや、なに、そのさ、いろいろとね」

徳兵衛がむにゃむにゃと言い、惣衛門は困った顔でうつむいている。ふたりとも意気地《いくじ》がない。

「お客さまがいらしたんでしょう。お取り込み中にすみません」

お高が言う。

「ああ、いえ、ちょっとね。ふふふ」

思わせぶりにお蔦が笑う。徳兵衛、惣衛門の顔は赤くなったり、青くなったりしている。

それを見た、お蔦が噴き出した。

「ああ、おかしい。そんなんじゃないんだよ。読本《よみほん》を出したいって人がいてね、その相談にのっていたんだ」

お蔦は襖を開けて、隣の部屋にいた男を呼び入れた。

年の頃は二十五、六。色白で鼻筋の通ったなかなかの男前である。町人髷《ちょうにんまげ》に細縞《ほそじま》の粋な着物を着ている。帯から垂らした根付《ねつけ》も凝《こ》った細工があって、ちょっとした洒落者《しゃれもの》と見える。

「及川桃水《おいかわとうすい》、またの名をかまどの消炭《けしずみ》と申します。お見知りおきを」

ていねいに頭を下げた。

「読本っていうのは、どんなものなんですかい？」

惣衛門がたずねた。

「恋文集《こいぶみ》だってさ。恋文を出すときに、お手本があると書きやすいだろ。その例文を集めた本だよ。男が書くのと、女が書くのじゃ中身が違うだろ。気の利いた文句があるとないとじゃ、大違いだよ」

お蔦は小唄師匠だから、唄の文句ならお手のものだ。

「へえ、ああ、そうかい。それはいいですねぇ。あたしたちもその本を参考にして、恋文を書いたりしてさ」

惣兵衛が言う。

「いいねぇ。老木に梅の花咲く今宵《こよい》かな、なんてね。お高ちゃんも、若いんだから恋文のひとつももらうようにならないとだめだよ」

徳兵衛はすぐに調子にのる。そして余計なことを言う。

「せっかくだから、ゆっくりしていきなよ」とお蔦が酒の用意をはじめたところで、お高はふたりを残して家を出た。

空には薄い雲がかかって、おぼろ月が出ていた。

翌日も、お蔦は丸九に来なかった。その翌日も来ない。

徳兵衛と惣衛門は人待ち顔で奥の席に居座っている。戸が開くたびに目をやるが、お蔦の姿はなく、ふたりはあからさまにがっかりとした顔をする。

「かわいそうに、お蔦さんが来ないと、あのふたりも張り合いがないんだねぇ。青菜に塩だ」

お栄がお高の袖《そで》をつつくので、お高はお茶を持って、ふたりのところに行った。

「昨日、今日と静かですねぇ」

「ああ、お高ちゃん。静かなのは昨日と今日だけじゃないよ。これからもずうっと」

徳兵衛が言った。

「ねぇ、あんた、あのふたりのこと、どう思いました？」

惣衛門がたずねる。

「あのふたりって？」

「決まっているじゃないか。お蔦さんと桃水だよ」

徳兵衛が言う。

「だってお仕事を頼まれたんでしょう」

「それだけだと思う？」

惣衛門が言う。

「だって、あのお蔦さんだよ」

徳兵衛が膝を乗り出す。

「年はかなり違いますよねぇ」

「なあにを言っているんだよ」

惣衛門と徳兵衛は声をそろえた。

「お高ちゃん、気がつかなかった？　お蔦さんがあの桃水さんを見るときの目がやさしいんだよ。あたしは今まであの人の、あんなやさしい目を見たことがありませんよ」

「あ、惣衛門さんも気がついた。そうなんだよ。お蔦さんっていうのはさ、どこか芯《しん》のところに固いものがあって、そう簡単に人に心を開かないわけさ。それが、あの桃水さんは違う」

「恋文集っていうのも怪しいですね」

「うんうん」

ふたりはうなずき合っている。どうやら、ふたりの間では、お蔦と桃水は恋仲という風なことになっているらしい。

「まぁ、じゃあ、そういうことにしておきましょうか」

お高が言うと、ふたりは恨めしそうな顔をした。そんな風には見えませんでした、とでも言ってほしかったらしい。

勢いよく戸が開いて、入って来たのは豆腐屋の大おかみである。

「お高ちゃん、聞いたわよ。あんた、いい話があるんだって？」

大きな声が見世《みせ》中に響いた。

「磯屋の旦那がぞっこんだっていうじゃないの」

「いえ、そんな風には……」

店の奥には徳兵衛と惣衛門のふたり、さらに三人ほどお客がいる。この界隈《かいわい》で磯屋の名前を知らない者はいない。耳をそばだてているのが分かる。

しかも、豆腐屋の大おかみは近所でも有名な地獄耳の噂好《うわさず》き。この人の耳に入ったということは、町内中に噂が広がったも同然だ。

「お手柄じゃないの。磯屋の旦那はあの通りの男前だし、まじめないい人柄だ。しかも財産もある。後添《のちぞ》いと言ったって、その気になればどっからでも若くてきれいな娘さんが来るだろうにねぇ」

ずけずけと言いにくいことを言う。

「まだ、決まったわけじゃありませんから」

「まさか、あんた、断ろうっていうんじゃないだろうねぇ」

大おかみは鋭い目をした。

「悪いことを言わないから、今すぐ、返事をしちまいな」

「ええ、分かりましたから。もう」

心の中で手を合わせて頼む。とにかく、早く出ていってほしい。

「あんたねぇ。三十過ぎたら早いんだよ。あっちゅうまに年をとる」

「すみません。これから片づけがありますんで」

押し出すようにして出ていってもらった。

ふと視線を感じて振り向くと、徳兵衛、惣衛門がこちらを見ている。

徳兵衛がちょいちょいと手招きしていた。

「なんでしょう」

近づくと、惣衛門が言った。

「色白は七難《しちなん》隠すって言うでしょ。お高ちゃんは色が白いし、毎日、いいもんを食べているから肌に艶《つや》がありますよ。ふたつ、三つは若く見えますから」

徳兵衛も続ける。

「美人は三日で飽きるっていうけどね、お高ちゃんみたいな顔は毎日見ても男はかわいいなぁって思うんだよ」

ほめてくれているらしい。ありがたく受け取ることにした。

そんなこんなで店を閉める時刻になった。徳兵衛と惣衛門はまだ店の奥に居座っている。

「あのふたりも早く帰して、のれんもおろしちゃいましょうよ」

お栄がやきもきしているのが分かる。その日お高は、清右ヱ門と夕食をともにする約束なのだ。

「だって、お客がいるから」

「お客って誰のことですか。あのふたりは、お客とは言いません。半分身内のようなものです」

「そんなこと、言わないでよ。髪はなでつければいいし、着物だってさっと着替えられるから時間はかからないわ」

そう言ったら、お栄とお近は顔を見合わせ目配せする。

「そんなことだろうと思って、今日は髪結いさんに声をかけておきましたよ。着物も、あれじゃあ、あんまり地味だから、いくつか見繕《みつくろ》って持って来てもらうよう頼んであります。とりあえず、借り着だっていいじゃないですか。片づけはあたしたちでしますから」

お栄が言った。

のれんをおろしてしばらくすると、髪結いがやって来た。早くて上手だと評判の女で、お高も顔なじみだ。

「じゃあ、お二階を借りますよ」

さっさと道具を持って、お高が住まいにしている二階に上がっていった。お栄とお近もついて来た。

「着物はどうしましょうねぇ。春先だから、明るい色目のものがいいでしょう」

黄色の地に小花が散っている着物をお高の肩にあてた。

「赤い色が入った方がいいんじゃないかなぁ」

お近が言うので、緑に赤の模様が入った着物をあてた。

「ちょっと派手じゃないですか。こっちの藤色《ふじいろ》はどうかしら」

お栄が言う。自分のことのようにうきうきとうれしそうな顔をしている。

「着る方のお好みも大事ですから。どれか気に入るものがありましたか？」

髪結いがたずねる。

「これなんかはどうでしょう」

一番地味なえび茶の着物を指さしたら、三人とも首を横にふった。

結局、お栄のすすめる藤色の着物に決めて、髪も前髪を大きくふくらませた流行りの形に結ってもらった。

絹の着物はやわらかく、ゆったりと体に添ってくる。そっとなでると、するりと指の腹をすべっていった。
「お高さん、きれい」
お近がはしゃいだ声を出した。
「やっぱりお支度をすると、違いますねぇ。いつも、これくらいにしていればいいのに」
お栄が言う。
「ええ、だけど……」
鏡をのぞくと、薄化粧に頬を染めた女の顔があった。髪も着物も普段と違いすぎるので
お高は気恥ずかしい。
「殿方の前に出るときはきれいにするものです。それが、お声をかけていただいたことへ
のお返事。礼儀ですよ」
お栄が諭《さと》すように言った。
「そうですよ。こうやって周りの皆さんが、いいお話になるように働いてくださっている
んです。ありがたいじゃないですか」
髪結いが続ける。
「そうですよ。お近もね、最初は丸九はどうなるの、なんて心配していたけど、今じゃお
高さんに幸せになってもらいたいって言っているんですよ。あたしたちふたりはお高さん
を後押ししていますから。幸せになってください」

お栄の言葉に迷いはない。

お高の幸せは、磯屋に嫁ぐことだと信じて疑わないのだ。

それなら、今のお高は不幸せなのだろうか。

そんなはずはない。

今だって十分幸せだ。

けれど、ここでそれを言ってもらちが明かないのでお高は黙っていた。ありがたくふたりの気持ちをいただいて早足で古橋に向かった。

古橋に、清右ヱ門はお京と芳太郎を連れて来ていた。

「丸九のおばちゃん、こんにちは」

ふたりは並んでていねいに挨拶をした。その様子がかわいらしくてお高は思わず笑顔になった。

「あとでいっしょに遊んでくれる?」

芳太郎が笑顔でたずねた。

「ご飯をちゃんと食べたらって、おとっつぁんに言われたでしょ」

お京がたしなめる。

「ここのご飯はおいしいですよ。先に、ご飯をいただきましょうね」

お高が言った。

芳太郎はお高の隣に座りたいと言いだして、お京も近くがいいと言い、お高の向かいになった。ご飯を食べている間も、芳太郎はよくしゃべり、それを清右ヱ門がにこにこと聞いている。食事の後は、四人で双六《すごろく》をして遊んだ。家でも、こんな風に子供の相手をしているのだろう。清右ヱ門の口調は穏やかで、子供たちもよく笑った。

気がつくと、芳太郎がお高に寄りかかって眠っていた。小さな手がお高の手をしっかりと握っている。その手が温かい。お京もお高の隣でうとうととしている。

「今日は子供たちの相手をさせてしまって、申し訳なかったですね」

「いいえ。私も楽しかったです。おふたりともかわいらしいから」

「お京も芳太郎も、あなたのことが好きなんですよ。そんなことは、ほかではないんです。とくに芳太郎は人見知りが激しいんですよ」

清右ヱ門が何を言いたいのか分かっていた。

火鉢にかけた鉄瓶が静かに沸いていた。

「先日のお話、考えていただけたでしょうか」

清右ヱ門がたずねた。

「私はおふたりの母親になるということですよね」

「世話する者はいますから、かかりっきりになることはないですよ。お店の方も今まで通りとはいかないでしょうが、父上が残された店です。大切にしていただきたいと思います」

ふとお栄の顔が浮かんだ。

――九蔵さんに頼まれたんですよ。幸せになってください。

「すみません。もうひと晩だけ待っていただけますか。明日、お返事をいたします」

「分かりました」

清右ヱ門は穏やかな微笑を浮かべた。

清右ヱ門たちと別れて、お高は丸九に戻って来た。

風にのってどこからか花の香りが流れて来る。心が浮き立っていた。それは久しぶりに着た絹の着物のせいでも、薄化粧のせいでもない。

自分を待っていてくれる人に会ったからだ。

火の気のない二階の自分の部屋はひんやりとしていた。

お高がこの部屋に戻るのは、いつも店を閉めた後である。お客が帰って片づけをして、翌日の仕込みをすませると夕方だ。部屋に戻って帳面をつけ、明日の段取りを考えていると、もう寝る時間である。

五と十の日は夜も店を開けるから、さらに忙しい。大急ぎで布団に入って仮眠をとる。

お高は寝つきがいい。布団に入るとすぐ眠気が襲《おそ》ってきて、朝まで起きることはない。けれど、この頃、夜中に目が覚めるようになった。体は疲れているのに、目が冴えて眠れなくなる。そういうときは、暗い道をひとりで歩いているような気持ちになった。

それが淋しいということだろうか。

自分は淋しかったのか。

さっき芳太郎はお高に寄りかかって眠ってしまった。その温かい軽い重さがまだ太ももに残っている。

お高は手を見た。

芳太郎の細い指がしっかりとつかんでいた手だ。

安心しきった穏やかな寝顔をしていた。

幸せとは、つまり、そういうことなのだろうか。

お高は仏壇に向かった。灯りをともし、両親の位牌《いはい》に手を合わせた。

「おとっつぁん。私は嫁に行ってもいいでしょうか。丸九を人に任せることになりますが、許してもらえますか？」

——八年頑張ったんだ。もう、いいよ。十分だ。

どこからか父の声が聞こえたような気がした。

三

昼を過ぎた時間だった。店にはお客がひとり残っていた。

するりと戸が開いて、供を連れた女が入って来た。五十に手が届くくらいか。髪をきれいに結い上げ、ひと目で上物と分かる着物を着ていた。細い目で店の中に視線を走らせると、低い声でたずねた。

「こちらに、お高さんとおっしゃる方はいらっしゃいますか?」

「私がお高ですが」

女はお高の顔をつっと見つめた。

「私は清右ヱ門の姉の時ゑ《ときえ》と申します。今日はお話があってうかがいました」

整った美しい顔をしていた。けれど、その顔にはほほえみはない。薄い唇を引き結んでいる。

「こちらでよろしいでしょうか」

お高は店の奥の小上《こあが》りに案内した。時ゑはきっちりと座ると、顎をくいと引いた。

「磯屋は清右ヱ門で七代、初代が日本橋で店を開いてから百年を数えます。日本橋でも古い方ではないかと考えております。お客様には名家が名を連ね、大名家のお出入りも許されています」

　時ゑはお栄が運んできたお茶には手をつけない。

「親戚縁者には医者や学者、武家に嫁いだ者もおります」

「はい」

　お高は時ゑが何を言いたいのか分かってきた。時ゑは店の中を見回した。

「一膳めし屋でいらっしゃいますね。どのような方々がお客様なんでございましょう」

「さまざまですけれど」

　お高は言葉を濁《にご》した。

「朝早くからやっていらっしゃるんでしょう」

「その時間ですと、河岸《かし》で働く方が多いですね」

「体を使ってお仕事をされる方ですね。荷を運んだり、海で魚をとったり、野菜を船で運んだり。そういう賤《いや》しい方たちということですね」

「賤しいというのは、言い過ぎではないですか」

　時ゑの目がきらりと光った。

「人には持って生まれた格というものがございます。弟がなんと申したか存じませんが、あなたを後添いにするというようなことを磯屋では考えておりません。私どもが許しても、世間様はなんとおっしゃるか」

がたんと大きな音を立てて、お客が席を立った。

「さすが磯屋さんだ。お偉いもんだよ。俺らとは生まれが違うとさ」

聞こえよがしに言うと、音を立てて出ていった。

「同じ料理屋でも、八百善や英のような店なら、また話は違いますけれどね」

時ゑは重ねて言う。

お茶のお代わりを持って来たお栄が、腹に据えかねたという風に言いだした。

「ご存じないようですのでお伝えしますが、この店の先代さんはその英で板長をしていた人なんですよ。人は食べたもので出来ている。たまに食べる高級な料理じゃなくて、日々のご飯が大事なんだって言って、この店をはじめたんです。お高さんはその気持ちを受け継いでいる。一体、一膳めし屋のどこが悪いのですか？」

「お栄さん。お客様に失礼ですよ」

お高はたしなめたが、お栄は引き下がるつもりはないらしい。お盆を持ったまま、その場に立っている。

「悪いとは申しておりません。ただ、そういう店のおかみが磯屋に入るのはいかがなものかと申しております」

懐《ふところ》から書き付けを取り出した。

「私も少し、調べさせていただきました。ここで出しているのは、みそ汁にご飯、煮魚に和《あ》え物。料理というのもおこがましい。家で食べるような簡単なものばかりではないですか。わざわざ料理人がつくらなくても、女中で十分」

「そんなことを言うんなら、食べてみたらいいじゃないですか？　あんたのところの弟さんも、その子供たちも家のご飯よりおいしいと言って通ってくるんだよ」

お栄は本気で腹を立てた。

時ゑは鼻で笑った。

「うちは昔から料理人を雇っていたんですけどね、清右ヱ門の亡くなった女房の千代《ちよ》さんは料理が好きでね、自分が台所に入ってあれこれ指図をしていたんですよ。そしたら、料理の切れ味が悪くなった。板前が辞めてしまって、女中につくらせるようになったら、田舎臭《いなかくさ》い。おや、失礼、素人《しろうと》っぽくなったんですよ。でも、清右ヱ門はその味が好きでね。贔屓《ひいき》にしているのは、お宅の料理が千代さんの味に似ているからじゃないんですか」

その言葉はお高の胸をついた。

九蔵の料理は名人がさらさらっと書いた草書体だが、お高の料理は一所懸命書いた楷書だと言ったのは、惣衛門と徳兵衛だったろうか。

所詮《しょせん》はお高の料理は真似事で、どこまで行っても料理人である父とは違う。素人の味だと言われたような気がした。

お高の顔色が変わったのを見て、時ゑは勝ち誇ったような顔をした。

「まあ、弟は千代さんの面影《おもかげ》を追い求めているだけだから、いずれは目が覚めるでしょうねえ。そのとき、辛《つら》い思いをなさらないようにと老婆心《ろうばしん》ながら申し上げております」

その言葉を潮に時ゑは立ち上がり、出ていこうとした。

「そうそう、ひと言申し上げておきます。使用人を抑えられないようではおかみを名乗る資格はありませんよ。出しゃばりの女中になめられてるようでは、とても磯屋の後添いは務まりませんよ」

お高は言葉が出なかった。呆然《ぼうぜん》として時ゑの後ろ姿を見送った。

「なんだよ。あの高慢ちきな女。お高さん、負けるんじゃないですよ。清右ヱ門さんはそういう方じゃないですから」

時ゑの姿が消えると、お栄はつかみかからんばかりにして言った。

「わっ」という声がしたので台所に行くと、お近が座り込んで泣いていた。しゃくりあげながら、「悔しい、悔しい」とつぶやいている。

「なんで、あんたが悔しがって泣くのよ」

お高はお近の背中をなでた。

「あたしだって、言ってやりたいことはたくさんあったんだよ。だけど、あたしが出て行ったら、この店はお客だけじゃなくて、働いている子も賤しいって言われちまうからさ」

「大丈夫。あんたは賤しくなんかないわよ。お金持ちじゃないかもしれないけど、ちゃんとした娘さんよ。だから政次さんが剛太さんに引き合わせたんでしょう」

「そんなことを言ってないんです。あたしはお高さんのことで、怒っているんです」

お近は地団駄を踏む。

お高はなんだか体の力が抜けたような気がして腰をおろした。

つまり、あれが世間の目というものなのだ。

市場で働く者を相手にする一膳めし屋のおかみじゃないか。身の程《ほど》知らずにもほどがある。

時ゑの目はそう語っていた。

けれど、もっと悔しかったのは、女中につくらせるような田舎臭い料理に似ていると言われたことだ。

丸九では米を吟味《ぎんみ》し、研《と》ぎ方にも工夫をこらしている。みそ汁に使うみそだって、季節やその日の天気、入れる具によって変えている。おかずはありふれたものだけれど、それだってひと手間、ふた手間かけておいしくつくっている。そうやって父から受け継いだ味を守っているのだ。分かる人には分かる、と信じて今までやってきた。

「もういいわ。この話はおしまい。片づけましょう」

お高は立ち上がった。

のれんをおろすと、冬の日は暮れて外は薄暗くなっていた。向かいの家に灯りがともっている。

お高は誘われるように外に出た。行く当てもなく歩いていると、「お高ちゃん」と呼ぶ声がする。お蔦が露店に座っていた。どうやら、一杯やっているらしい。

「どうしたんだよ。疫病神《やくびょうがみ》に会ったみたいな顔してさ」

「あ、確かに。会いましたよ」

お高は笑いだした。

「そういうときはさ、酒でも飲んで気分を変えた方がいいんだよ」

お蔦はお猪口《ちょこ》をもらって、お高にすすめた。

ひと口飲むとのどのあたりがふっと温かくなって、お高は大きく息を吐いた。

「まあ、そんなこともあるさ」

お蔦は含み笑いをする。

「そういえば、徳兵衛さんと惣衛門さんが心配していましたよ。お蔦さんと桃水さんはいい仲じゃないかって」

お高が言うと、お蔦の形のいい眉がくいとあがった。

「あのふたりもなかなか鋭いねぇ。その通りだ。大事な間夫《まぶ》だ」

「そうなんですか？」

お高はびっくりした。

「はは。本当は息子なんだよ。ずっと昔手放したね」

お蔦に子供がいたのか。

所帯じみたところはみじんも感じさせない人だったから、子供がいるとは考えてもみなかった。

「深川で芸者をしていたときのことさ。立派なお店《たな》のご主人で、奥様もいらっしゃる。子供がいなかったから、渡してほしいと言われたんだ。息子として大事に育てると言われて、その方があの子の幸せかなと思って手放した。でもさ、血は争えないもんだねぇ。芸事が好きなんだよ。芝居に夢中になって戯作者《げさくしゃ》になりたいって家を出た」

お蔦は遠くを見る目になった。

「あたしが母親だって誰かに聞いたんだろ。ある日訪ねて来て、恋文集を作りたいから教えてくれって言ったんだ。すぐ分かったよ。父親の若いころにそっくりだ。役に立つなら手伝うよって言ったら、なんだかんだと顔を出す。あたしのところは居心地がいいんだってさ」

少しうれしそうに含み笑いをした。

「よかったですね。淋しくなくて」

お高は言った。

「淋しい？　誰が淋しいって？」

お蔦の声が少し高くなった。

「だって、みんなが言うんですもの。年取ったらひとりは淋しい。だから、身を固めたほうがいい、子供を持つのがいいって」

「あんたは淋しいのかい？」

「そうねぇ。……今まで気がつかなかったけれど、淋しいらしい」

「それはご愁傷《しゅうしょう》様。でも、まぁ、そうだね。みんな淋しいんだよ。年寄りはとくにね。だってそうだろ。親はとっくに死んで、兄弟も友達も櫛《くし》の歯が抜けるようにいなくなる。体はあちこち痛くて、動かなくなる。だけどさ、淋しいからって誰かとくっつくのは、やめておきな。ひとりの淋しさより、ふたりの淋しさのほうがもっと身にこたえる」

「そうですか？」

「あんたらしくもない。何を心配しているんだよ。あのさ、しくじりのない人生なんてないんだよ。人間、そうそう自分の思い通りにいくわけじゃない。しくじることもあるし、あてがはずれることもある。だけど、後になって、あのときああすればよかったとか、こうすればよかったとうじうじ考えるのは一番いけない。大事なのは今だよ。今日のご飯がおいしければいいんだ。だから、好きなようにおやり。そうすれば、幸せが後からついてくる。大丈夫だよ。あんたのおとっつぁんとおっかさんが守ってくれてるんだから」

お蔦はぽんとお高の肩をたたいた。

「ありがとうございます。気持ちの整理ができました」

お高は立ち上がった。


店に戻ると、入り口のところに清右ヱ門の姿があった。

あわてて店の中に招じ入れ、灯りをともし、床几《しょうぎ》をすすめた。

「昼間は姉が来たそうで、申し訳ないことをした。いろいろ気に染まないことを言ったと思う。だけど、私の気持ちは変わらない。姉にもそう言った。姉は昔から、気位が高いところがあって、私のこともあれこれ世話を焼きたがるんだ」

清右ヱ門はそう言って謝った。

「でもね、あの人はもう磯屋の人じゃない。これは当主である私が決めたことなんですよ。あなたが心配しているようなことはひとつもありません。安心してください。私に頼ってくださっていいんですよ」

強い言葉だった。お高は黙ってうなずいた。

誰かに守られているというのは、こんな風に心が安らぐことなのだろうか。

お高はほっと息をついた。

「じつは、さっきもさんざん姉とやりあった。大方は分かってもらえたけれど、こちらも少しは譲らないと形がつかないんだ。どうだろう。丸九には板前をひとりおいて、あなたは家のことに力をおいてもらうということでは」

「えっ？　つまり、おかみをやめるということですか……」

「そうなるね」

一膳めし屋のおかみは磯屋にふさわしくない。

それが時ゑの意見なのだろうか。

お高の表情が変わったことに気づいたのだろう。清右ヱ門は言葉をついだ。

「あなたのみそ汁やご飯がおいしいのは知っている。だからこれからは、その料理の腕を私と子供たちのために使ってほしい」

「でも、それは……」

「考えてもごらん。店と家のこと、両方は無理だ。お京と芳太郎はあなたを慕《した》っている。遊んでもらいたいと思っているだろうし、私も家に戻ったときにはあなたにいて欲しい。その気持ちは分かってもらえるだろう」

清右ヱ門は早口で言った。

「だったら無理です」

お高の口が勝手に動いた。自分の言葉に驚いて、はっと口に手をあてた。

清右ヱ門は大きく目を見開いてお高を見つめている。

それが自分の本心だと気づいて、お高は小さく息をついだ。

「私は自分の料理が拙《つたな》いことを知っています。父のような板前のものではなく、素人っぽいことも分かっています。でも、それでもやっぱり料理人でいたいんです。料理をつくってお金をいただいて、お客さんを喜ばせたい」

「それと、家族のために料理をつくるのはどこが違うんですか？　おいしいと言って喜んでもらうのは同じじゃないですか」

「全然違います」

お高の声が高くなった。清右ヱ門は困惑している。

「分からない。あなたの言っていることは、まったく分からない」

「ですから、申し訳ありません。お気持ちはうれしかったです。ありがたいと思いました。お子さんたちもかわいくて、いっしょにいられたら幸せだと思いました。でも、私らしくなくなってしまいます」

なぜか涙が出て来た。お栄の顔が浮かんだ。きっとがっかりするだろう。もう、こんないいご縁はないとか、九蔵さんに申し訳ないとくどくど文句を言うに違いない。後押ししてくれたお近やおつねのことも思い出された。

それでも仕方ないのだ。

「丸九を継いですぐだったら、もっと違ったかもしれません。あの頃は料理も拙かったし、手際も悪くてお客さんたちにも迷惑をおかけしました。けれど、それから八年たち、その間に私は鍛《きた》えられました。相変わらず料理は父のようにはいきません。でも、今の私は自分を料理人と思っています。これからも料理人でいたいんです」

清右ヱ門はじっとお高を見つめた。そして静かに頭をふった。肩を落とし、何も言わずに帰っていった。

お高は身じろぎもせず、足音が遠ざかるのを聞いていた。

耳の奥で、追いかけていけ、今なら間に合うという声がする。

指が震えている。

のどの奥が辛くなった。

自分は何を守り、何を失ったのだろう。

しゃがみこみ、声をあげて泣いた。

翌日、お栄に事の次第を伝えると「また、そんな勝手なことを」と怒った。

清右ヱ門から話を聞いたとおつねが来てひとしきり繰《く》り言《ごと》を言い、入れ替わりのように政次がやって来た。

「なんでだよ。なんで、断った」

政次はお高の顔を見るなり言った。

「だって、店に出るなと言うんだもん」

「そんなら、そうすりゃいいじゃねぇか。磯屋さんの奥さんになれば、毎日、きれいな着物を着て、のんびり暮らせる。もう、暗いうちに起きて冷たい水に震えながら野菜洗ったり、金の心配したりしなくてすむんだぞ」

「いいの。私はそういうことがしたいの。この店が好きなのよ。こうして働いているのがいいの」

お高が答えると、政次は目をむいた。

「お前、馬鹿じゃねぇのか。まったく何を考えてんのか、分かんねぇな」

夕べの清右ヱ門と同じようなことを言った。

「丸九の料理は家でつくれるようなものばかりでしょう。家と同じだけれど、でも少し違うの。おとっつぁんのときは、ちゃんとそれがお客さんにも分かったのよ。腕のいい料理人が肩の力を抜いてつくったものだって、みんな思ってくれていた。おとっつぁんの料理を食べたいって来てくれてたのよ。だけど、私の場合は、まだ、そこまでいかない」

お高は唇を噛んだ。

「だから、清右ヱ門さんも家に入れって言ったんだわ。政次さんだってそうよ。その程度の料理のために苦労することないだろって思っているんでしょ。でもね、私はそれじゃ、嫌なのよ。いつか、ちゃんとしたものがつくれるようになりたい。お高の料理を食べに来てもらいたいの」

「ふうん。そんなもんかねぇ」

政次は分かったような分からないような顔をした。

「要するに貧乏性なんだな。まぁ、俺としたら、これからもお高ちゃんの顔が見られるからうれしいけど」

そう言って帰っていった。


しばらくすると惣衛門と徳兵衛のふたりが連れ立って来た。惣衛門が「話は聞きましたよ」と言った。「ご心配をかけて……」と謝りかけたら、「桃水はお蔦さんの息子だったんですね」と続けた。そうだ、ふたりの関心事はお蔦だった。

「だから、あんなにやさしい顔をしていたんですよ」

「そうそう。よく考えたら、顔も似ていたね」

徳兵衛がうなずく。

「ほっと安心ですよ」

ふふっと笑った惣衛門が突然たずねた。

「ところで、例の話の方はどうなりました？」

今度はお高の話である。

「まさか、おかげ様で話がまとまりました。つきましては、店をたたみます、なあんて言わないだろうねぇ」

徳兵衛が言う。

「なんだ。穏やかじゃねぇなぁ。丸九に何があったんだ？」

隣に座っていた男が話に割り込んだ。毎日のようにやって来るお客だ。

「いえ、大丈夫です。今まで通りですから」

お高はあわてて言った。

「そうか、びっくりしたよ。ここがなくなったら、朝飯の楽しみが半分だ」

「半分どころじゃねぇよ。張り合いをなくして仕事に出られなくならぁ」

また別のお客が言った。

「そうなんですか？」

お高は驚いた。

「当たり前だろ。一膳めし屋ならいくらでもある。けど、ここほど白飯がうまい店はねぇ。汁もおかずも一級品だ。そういう違いの分かる奴《やつ》が来てるんだ」

「なかなか切れのいい料理にならないですみません」

「そこがいいんだよ。上手すぎないところがいいんだ。あったかくてさ。家で食べてるようだけど、それともまた違う」

「そうそう」と賛同する声があちこちからあがった。

お客はそんな風に思って来てくれていたのか。お高の目がうるんだ。

「よかったですね。十年近く頑張った甲斐がありましたよ。あんたの味がお客を呼んでるんですよ」

惣兵衛が言った。徳兵衛もうなずいている。

お客の波が去ったとき、お高たちは台所で朝ご飯を食べた。

「このふきのとうみそ、苦いねぇ」

お栄が顔をしかめた。

「そんなに苦くないじゃないの」

お高は文句を言った。

「娘が父親に似てへそ曲がりだから、周りは割を食うんですよ」

やっぱりまだ、少し怒っているらしい。

「ああ、苦い、苦い」

お栄はわざとらしく文句を言った。

「ねぇ、粟ぜんざいも食べましょうか」

お高が言うと、お近がうれしそうに声をあげた。

「ずっと、食べたいと思っていたんだ。お客さんがおいしそうに食べているんだもの」

蒸籠《せいろ》で蒸した栗に、湯で溶いたあんをとろりとかける。

舌が焼けるほど熱いぜんざいをふうふう吹きながら口に含むと、やわらかな甘さが口に広がった。冷えた体に温かさがしみていく。

「おいしいわねぇ。こんなおいしいもの、誰が考えたのかしら」

お高は言った。

「誰でもいいですよ。アツ、アツ、アツ」

お栄はひょっとこのように口をとがらせた。

「よかった、このお店に来られて」

お近がつぶやいた。

「そう思うんなら、ちゃんと働いておくれよ」

お栄が言うと、お近は舌を出した。

開け放った厨房の窓から穏やかな春の日差しが差し込んで、三人の顔を暖かく照らしている。

第三話　浮かれたけのこ

一

店の脇の路地にたんぽぽが咲いている。黄色い花が次々と咲いて、それがしばらくすると綿毛になり、風に飛んでいく。桜に続いて雪柳、れんぎょうの花が咲き、川辺の柳は淡い緑の小さな葉をつけた。

丸九はいつも通りの忙しさだ。次々やって来るお客に対して、お高もお栄もお近もくるくると働いている。

相変わらずのんきな様子は惣衛門、徳兵衛、お蔦《つた》の三人である。

「春ですねぇ」

昼飯を食べ終わった惣衛門がつぶやいた。眠気を誘うような午後である。

「春といえばさ」

お蔦がちらりと徳兵衛の顔を見た。徳兵衛は待ってましたという顔になる。

「言ってくれるねぇ。そうだよ。たけのこの季節だよ」

酒を商う升屋《ますや》の隠居の徳兵衛は無類のたけのこ好きだ。好きが高じて木更津《きさらづ》に竹林を買ってしまった。

「たけのことかけまして、赤ちゃんの藪蚊《やぶか》ととく」

調子づいた徳兵衛は得意のなぞかけをはじめた。

「はいはい。その心は」

惣衛門が続ける。

「ちくりん（竹林）」

「おお、今日も冴《さ》えていますねぇ」

隅の方で食べているお客が声をかけた。昼の遅い時間にひとりでやって来て、ゆっくりと味わうように食べる。年は六十をいくつか過ぎたくらいだろうか。少なくなった髪を茶筅《ちゃせん》のようにひとつにまとめている。お近は医者だというが、くわしいことは分からない。

「ありがとうね」

徳兵衛は笑顔で答えた。

「竹林たって、たいしたことはねぇんだ。だけど土と水がいい。よく日が当たってさ。落ちた笹《ささ》の葉が敷き詰められて地面はふかふか。林の中はいい匂《にお》いがするんだよ。木漏れ日《こもれび》がきらきら光って地面に落ちて来る。すぱんて竹を切ったらかぐや姫が出てきそうなんだよ」

毎年春、木更津の竹林に自らたけのこを掘りに行く。

「今年も、掘りたてを持って来てやるからさ。ちょいと待ってくれよね」

徳兵衛はうれしそうに言った。

江戸のたけのこは目黒《めぐろ》が名物である。宝暦《ほうれき》の頃、島津《しまづ》藩主が鉢植えにした孟宗竹《もうそうちく》を九代将軍家重《いえしげ》に献上し、二十年ほど後の安永《あんえい》の頃、江戸の廻船《かいせん》問屋が平塚《ひらつか》村戸越《とごし》に植え、それが各地に広がったという。

暖かい木更津は目黒よりも早く採れる。初物好きの徳兵衛にはそこがちょっとした自慢だ。

「楽しみにしてますよ」

茶筅髷《ちゃせんまげ》のお客が笑顔で席を立った。

しかし数日後、たけのこを持って来たのは徳兵衛ではなく、店の手代《てだい》の亀吉《かめきち》であった。

「本来は主人が持って来るはずでしたが、あいにく徳兵衛はたけのこを掘っていて腰を痛めました」

亀吉は沈痛な表情でそう伝えた。

「まああ、ぎっくり腰ですか？」

お栄が心配そうにたずねた。

「医者はそのようなことを言っています」

亀吉は答えた。

座ることも立つこともできないので、横にしたまま戸板にのせて日本橋まで運んで来た。今は膏薬《こうやく》をはって臥《ふ》せっているそうだ。

「とにかく、寝返りをうつだけでも腰に響くそうで、便所に行くのもひと苦労なんです」

「それは大変なことですねぇ。後でお見舞いに伺いますとお伝えください」

お高は言った。

かごには五本のたけのこが入っていた。どれも丸々と太ってずっしりと重く、切り口は白くみずみずしい。皮にはほどよいしめりけとつやがあり、穂先はととのっている。新鮮な証拠だ。手に取ると荒々しいくらいの土の匂いがした。

お高はさっそく皮の上からざくりと一文字に包丁を入れた。

徳兵衛の竹林のたけのこはアクが少ないので、お高は糠《ぬか》も赤唐辛子《あかとうがらし》も入れずに下ゆでする。

「皮のままゆでるんだね」

お近はめずらしそうに鍋《なべ》をのぞきこんでいる。

「そう。たけのこの香りが消えないようにね」

「ふうん」

ゆであがったたけのこの皮をむくと、中から象牙色《ぞうげいろ》のたけのこが姿を現した。

徳兵衛はたけのこの根元に近い所が好きだ。少し固いけれど、たけのこらしい味がするのだという。お高はその部分を大きく切って、かつおだしと醤油《しょうゆ》とみりんで煮た。煮汁が少なくなると、けずり節をたっぷりふりかけて、鍋をゆすりながらからませた。たけのこは汁を含んだけずり節をまとって、淡い醤油色に染まっている。

ゆでたての熱々のたけのこをひとつ取り出し、包丁で三つに切った。

「お味見よ」

お高が声をかけると、待ってましたというようにお近が手を出した。口に入れると、さくさくと音を立てて噛《か》んでいる。

「たけのこってこういう味がするんだ」

お近が大発見をしたように言う。

「春の味だよ。たけのこにはすごい力があるんだよ。だからこれを食べると長生きするんだ」

お栄が教えてやる。

たけのこは日に三寸も五寸ものびる。その力は強くて、床下から生えたたけのこが家を押しあげ、傾けてしまうこともあるそうだ。

「それじゃあ、食べ過ぎたらにきびが出るかしら？」

お近は心配そうな顔になった。

「出るよ、出る。用心しな」

お栄に脅《おど》かされて、お近はきゃあきゃあと声をあげた。丸九で働きはじめて、ちゃんと食事をしているせいか、お近の顔色はとてもよくなった。肌はむきたての桃のようにすべすべとしている。

「大丈夫よ。心配しないで食べなさい」

そう言いながら、お高もひとつ口に入れた。

甘じょっぱくて、ほどよい歯応《はごた》えがあって、噛むとほのかにえぐみのある野生の味がした。このえぐみは命の味、たけのこの醍醐味《だいごみ》だと九蔵は言っていた。

お高はたけのこの煮物を持って、升屋に徳兵衛の見舞いに行った。

升屋の店先は酒や酒粕《さけかす》やちょっとしたつまみを買うお客でにぎわっていた。手代に声をかけると、奥から女房のお清《きよ》が出て来た。お清は太りじしで丸顔のしっかりものである。

「まぁ、わざわざ、たけのこを煮て持って来てくださったんですか？　すみませんねぇ。

お手間をかけました」

ていねいに頭を下げた。

「たけのこなんか、市場にいくらだって出ているのに、いや、朝掘りのやつはうまいんだなんて言って、私にも息子にも黙って竹林を買ってしまったんですよ。いえ、竹林たってそんな大きなものじゃないですよ。でもね、春にたけのこを掘る以外、なんにも使いようがないんですよ」

お清はお高が相槌《あいづち》を打つ間もないほど勢いよくしゃべっている。徳兵衛が寝ている奥の座敷に案内する間も話し続けた。

「お客さんたちには徳兵衛さんはどうしたって聞かれるけど、たけのこ掘ってぎっくり腰だなんて、みっともなくて言えませんよ」

嫁に来たとき、お清の目方は今の半分だったそうだ。姑《しゅうとめ》に意見されると頬《ほお》を真っ赤にして涙ぐんだという。

それから三十年が過ぎ、五人の子供と十五人の孫を持つようになったお清は、今や堂々たる大おかみである。升屋になくてはならない人になっている。

徳兵衛に言わせると、「あいつは俺に『はい』なんて言ったことがねぇんだ。何か言うと『だってお前さんが』とか、『そんなこと言うけど』って口答えする。息子も娘もお清の味方だ。俺は立場がない」そうだ。

それは、仕方のないことでもある。

十年ほど前、升屋では番頭の使い込みが発覚した。番頭が悪い。しかし、元はといえば店主である徳兵衛がしっかり帳面を確認していないから付け込まれたのだ。升屋には金子《きんす》がなくなって、問屋や蔵元への払いは滞《とどこお》った。そのとき、頭を下げて払いを延ばしてもらい、なんとか店を続けられるようにしたのがお清である。

五年前、日本橋川が溢《あふ》れたときも、徳兵衛は堤の様子を見に行くと出かけ、危うく自分が流されそうになった。その間に、お清はいち早く店の酒を蔵の二階にあげさせた。奉公人は怪我《けが》もなく、商売ものの酒も無事だった。水がひけばすぐさま、炊き出しに温かい甘酒を用意して喜ばれた。

徳兵衛がのんきに日々を過ごしていられるのも、お清の内助の功があってこそである。息子夫婦に店を譲った今でも、お清の顔を見たいとやって来るお客は多い。徳兵衛はお清に頭があがらないのも仕方がないことなのだ。

「丸九のお高さんがお見舞いにいらっしゃいましたよ」

襖《ふすま》の前でお清が声をかけると、「ああ、入ってくれ」と弱々しい声がした。

明るい座敷に敷かれた布団に徳兵衛は臥せっていた。

「悪いねぇ」

その声がかすれている。

「ああ、お高ちゃん。ありがとうねぇ。ほんとうにすまない。腰が痛くて起き上がることもできないんだよ」

徳兵衛は情けない顔をした。

「まったくいい加減にしてくださいよ。丸九さんも、こうやって忙しい中、わざわざお見舞いに来てくださっているんですから。私はもう、本当に申し訳なくて、なんて言っていいか分かりませんよ」

ひとくさり文句を言って、お清は出て行った。

「まぁ、あんな調子だからね」

徳兵衛は大きなため息をついた。

「大丈夫ですか？　ぎっくり腰は痛いって聞きましたよ。でも、徳兵衛さんの好きなたけのこの煮物を持って来ましたからね」

お高がやさしい声でたずねると、徳兵衛の顔がほころんだ。

「そうか、そうか、ありがたいねぇ。あんたの料理で食べたかったんだよ」

起き上がれないから寝たままたけのこを食べると言うので、お高が箸《はし》で口に運んだ。ひと口噛んで徳兵衛は顔をしかめた。

「だめだ。痛いよ。お高ちゃん。腰に響く」

たけのこを噛むことができないと言う。

「すみませんねぇ。気づかなくって」

「いいんだよ。あんたの気持ちがうれしいよ」

仕方がないので、姫皮《ひめかわ》のところを選んで口に入れてやる。

徳兵衛はおそるおそる噛んでいる。

「情けないねぇ、姫皮なんざ、たけのこの中に入らねぇと思ってたけど、それをありがたがって食べるようになっちまった。こうなったら、おしめぇだ」

また、おおげさに嘆《なげ》いている。

「じゃあ、わらび餅《もち》にしましょうか。やわらかいから」

お高はわらび餅をすすめた。わらび餅はお近がひとりでつくったものだ。相変わらず魚を扱うのは苦手だが、甘味《かんみ》のほうは少しずつ覚えている。

「ああ。これはうまい。おいしいよ。命の果ての甘味かなってやつかなぁ」

なにかの拍子に腰を痛めたという話をよく聞く。咳《せき》をしても腰にひびいたとか、歩くまでに何日もかかったとか言うけれど、しばらくすると痛みはひいて、また元のように動き回っている。

命の果てというのは、少々大げさではないか。

「しっかりしてくださいよ。いつもの徳兵衛さんらしくないですよ」

お高が励ますと、徳兵衛は悲しそうな顔になった。

「いや、俺のはそういうのとは違うんだよ。俺のはさ、ただの腰痛ではなく、不治の病なんだよ」

徳兵衛がたいしたことのない病気でも大げさに騒ぐのは、いつものことだ。

要はかまってほしいのだ。と、思ったが、お高は神妙な顔で聞いてやる。

いい年をして甘ったれな徳兵衛はどこか憎めないのだ。

「前々から腰が痛かったんだよ。腰が痛いのは腎《じん》の方から来ていることがあるんだってさ。腰が痛くなるのは、もう相当腎の方が悪くなっちまっているんだ」

「医者の先生がそうおっしゃったんですか？」

お高がたずねると、徳兵衛は「大きな声を出すんじゃない」と自分の口に指をたてた。

「桂庵《けいあん》なんか、だめだよ」

通町《とおりちょう》にある開業医の名前を言った。中年の大柄の医者で、子供の腹痛から骨折、ねんざなど、このあたりの人間はたいてい桂庵の世話になっている。

「あの医者は何にも言わないさ。言いっこねぇよ。ただ、膏薬《こうやく》くれるだけ。俺の家には、じいさんが買った医術の本があるんだ。それに書いてあった」

徳兵衛はまた悲しそうな顔をする。

「前々からひどく痛んでいたんですか？」

お高はたずねた。

　しかし、今まで腰が痛いなどという話を徳兵衛から聞いたことがない。いつも元気に店にやって来て、おいしそうにご飯を食べ、五と十の日には酒を楽しむ。

「気のせいじゃないんですか？」

「何を言うんだ。本当にそうなんだよ。だから、元気な人はだめなんだ。病人の気持ちが分からねぇ」

　徳兵衛はため息をついた。

「じつは、お清も気づいていたらしいんだ。証拠があるんだよ。昨日、ご不浄に行くときにお清の部屋の前を通ったら、あいつが泣いていたんだよ。俺がびっくりして声をかけたらあわてて何か隠した」

「泣いていた？　目にごみが入ったんじゃなくて？」

　元気なお清が泣く姿など想像がつかない。

「だから、あんたは子供だって言うんだ。俺に心配をかけまいとしているんだ。いじらしいじゃねぇか」

　腰に響かぬよう四苦八苦しながら便所に行き、なんとか用をすませて戻って来てまたのぞいたら、お清の姿は部屋になかった。

「それで俺は心配になってくず箱を見たんだ。そしたら、こんなもんが捨ててあった」

　枕《まくら》の下から紙をとりだした。細筆で流れるような文字が書いてあった。

「ながむとて花にもいたく馴《な》れぬれば散る別《わかれ》こそ悲しかりけれ」

どうやら別れの歌らしい。

「な、そうだろう。悲しい歌だよ。あいつは俺の葬式のときに、この歌を詠《よ》むつもりでいるんだ」

「えっ？　そうなんですか？」

「そうだよ。こういうもんは前もって用意しておかねぇとな。その場になって急に考えても、そんなすらすら出ねぇからさ」

お高はまだ半信半疑である。

そもそも徳兵衛は早とちりのあわて者だ。なんでも自分に都合のいいように考える癖がある。

「だけど、このことは誰にも言わないでくれ。俺は今まで通り、のんきで楽しい徳兵衛のままで逝《い》くんだ。それが徳兵衛精いっぱいの男の見栄《みえ》ってもんだ」

その言い方も、ちょっと芝居がかっていた。

徳兵衛がぎっくり腰になった話はすぐに界隈《かいわい》に広まった。

翌日、丸九にやって来た惣衛門とお蔦は何やら話をしたそうにしている。お高の手が空いたのを待っていたように手招きした。

「徳兵衛さんの話、聞きましたか？」

惣衛門がたずねた。

「かわいそうにねぇ。ぎっくり腰は痛いから」

お蔦が言った。

お高が相槌《あいづち》を打つと、惣衛門は真剣な顔で続けた。

「それだけじゃないらしいですよ。なんでも大きな病気が隠れているそうです。あたしは自分が逝ったら後は頼むと言われましたよ。お清はしっかり者だと言われているけれど、根は心配性で泣き虫なんだ。力づけてやってほしいと」

お蔦は、辞世《じせい》の句を考えてほしいと頼まれたそうだ。

「辞世の句？　あれは自分で考えるものじゃないんですか？」

お高は聞き返した。

「ふつうはね。でも、徳兵衛さんはもう自分で考える気力はないから、あんたに頼むって。『あら楽や　思ひは晴るる　身は捨つる　浮世の月に　かかる雲なし』みたいな、乙なものを考えて欲しいんだってさ」

どこかで聞いたような気がする。

「大石内蔵助《おおいしくらのすけ》の辞世の句だよ」

お蔦はまじめな顔をしているが、ちょっと笑っているようにも見えた。

「本当にそんなに重病なんですか？」

お高はたずねた。

「まぁ、どうなんだろうねぇ。あの人は早とちりなところがあるから」

お蔦が言った。

「そうそう、あの人は子供の頃から病気とか怪我は大げさなんですよ。病気になると、みんなが心配してちやほやしてくれるでしょう。それが楽しいんですよ」

惣衛門も続ける。

「徳兵衛さんはいい大人ですけどねぇ」

お高もついとがめるような口調になる。

「大人を通り越して爺《じじい》ですよ。人は爺になると子供に戻るんです。もう一度、見舞いに行ってごらんなさい。まだあっちが痛い、こっち痛いって言いながら、うれしそうにしているから」

惣衛門はそう言って、ほっほうと笑った。

お高は次の日、たけのこご飯をつくって徳兵衛のところに持って行った。

たけのこは腰に響くといけないので、薄い色紙《しきし》に切ってだしと醬油、みりんで煮含めた。それをご飯といっしょにやわらかめに炊いたものだ。小さな土鍋で一人前を炊いて持って行った。

「たけのこご飯かぁ。ありがたいねぇ。うれしいねぇ」

徳兵衛は相好をくずした。

土鍋で炊いたたけのこご飯はまだ温かくて、蓋《ふた》をあけると白い湯気とともに、やわらかな香りが立ち上った。

日当たりのいい座敷で、座布団を背中に入れて床《とこ》に座っている。もともと丸い狸顔《たぬきがお》だが、また少し顔がふっくらとしている。

「病人っていうのも、たまには悪くねぇなぁ。なんか、特別扱いされているって感じでさ」

徳兵衛は上機嫌である。たけのこご飯をあっという間に一膳《ぜん》食べて、お代わりした。

「わらび餅もちゃんとありますよ」

お高が言うと、「うれしいねぇ。やっぱりお高ちゃんは気が利くねぇ」と言った。

「徳兵衛さん、腰の方はどうですか？　まだ痛みますか？　惣衛門さんやお蔦さんは徳兵衛さんは大げさだからって言っていましたけど」

「なんだよ。大げさって。本当に大変なんだ。ちょっと動くと、ほら。痛いよ。痛いよ。

ああ、痛《い》たた。この調子だと、治るにはまだ十日や二十日はかかるね」
あわてて顔をしかめた。やっぱりかなりわざとらしい。
「今年はこんなことで駄目だったけどさ、来年はお高ちゃんもいっしょに木更津に行って
たけのこを掘らないかい？　いいところだよ。にぎやかでさ。歌にもあるだろう。『花の
お江戸と木更津船は今は世盛り、花盛り』ってさ。五大力船《ごだいりきせん》って帆船《ほぶね》で行くんだ。こっち
を夜発《た》てば、朝には向こうに着く」
ふんふんと鼻歌を歌った。
木更津は江戸につながる港町として海運で栄えている。炭や木材、米などの物資を日本
橋に運び、帰りは衣類などの生活品を載せていく。おおらかな港町には気風《きっぷ》のいい芸者衆
もたくさんいて、遊ぶには困らないところだと聞く。
「それだけじゃないよ。海が穏やかで気持ちがいいんだ。魚もおいしいしね。お高ちゃん
もさ、働くばっかりじゃいけないよ。たまには息抜きをしないとね」
その顔がいかにものんきで、とても辞世の句を頼んだ人とは思えない。
お高はあきれた。
もらったたけのこは、たけのこご飯や若竹煮にしてお客に出した。やわらかい姫皮は和《あ》
え物にして、固い根元の方はきんぴらにした。近所の子供たちがやって来たので、たけの
この皮に梅干しをはさんで渡した。ちゅうちゅう吸っておやつ代わりにするのだ。

そんな風にして徳兵衛にもらった大きなたけのこはきれいになくなった。

二
「おっはようございます」

元気な声がして、お近が入って来た。

「あれぇ」

お栄が驚いたように声をあげた。

その日お近は、新しい半襟《はんえり》をつけていた。薄い紅色ですみに小花の刺繍《ししゅう》が入っている。うっすらと白粉《おしろい》を塗って紅を差したお近は、びっくりするほど娘らしい顔になっている。

「お近ちゃん、きれいだねぇ。かわいいよ」

いつものとげのある言い方とは違う、手放しのほめようだ。

「ほんと、見違えちゃったわ」

お高もしげしげとながめた。

「そう？　うれしい。この半襟、剛太さんにもらったんだ。今日、お店に来るって言うから、つけてきたの」

お近は頬を染めると、はずむような足取りで店の掃除をはじめた。

「いいねぇ、若い人は」

お栄はしみじみとした言い方をして、ちらりとお高を見た。

まだ、先日の清右ヱ門のことを気にしているのだろうか？

お高は首をすくめた。

清右ヱ門は以前と変わらず店に食べに来る。子供たちも同様だ。そこに、お高は清右ヱ門という男の度量の深さを感じている。

昼が過ぎて、のれんをおろして店の片づけをしていると、お近が言った。

「お栄さんとも相談したんですけど、お店の前掛けを新調しませんか」

お高はあらためて自分がかけている前掛けを見た。藍色《あいいろ》の前掛けは何度も洗って色がさめている。

「じいさんがやっている居酒屋ならいざ知らず、粋《いき》な若おかみと年頃の娘が働いている店にはふさわしくないですよ」

お栄が粋な若おかみというところに力をこめたので、お高は思わず苦笑いをしてしまった。

「お高さん、そこは笑っちゃだめだよ。ほんとに自分のことには構わないんだから」

お近が頬をふくらませた。

「そうねぇ。そう言われれば、そろそろ新しいものにしてもいい頃だわ」

そんな風にして話がまとまり、お高はお栄とお近と一緒に表通りの小間物屋に行くことになった。

そこでお高は藤色《ふじいろ》、お栄はえび茶、お近は赤い前掛けを買った。

店を出るとお近が言った。

「お高さん、紅と白粉も買いましょうよ」

「そうそう。春なんだから、少しおしゃれをした方がいいですよ」

お栄も訳知り顔に続ける。どうやら、ふたりで示し合わせていたらしい。

その日はよく晴れていて、通りを歩く人も穏やかな、明るい表情をしていた。

「そうねぇ。外に出かける時はお化粧ぐらいした方がいいかもしれないわねぇ」

清右ヱ門に会うために化粧をした日を思い出してお高は言った。気恥ずかしかったが、心が浮き立ったのも事実だ。

「そうですよ。そうしましょう。お高さんは顔立ちがきれいなんだから、お化粧したら映えますすよ」

お近が太鼓判を押す。お栄も「そうだ、そうしよう」と言って歩きだす。お近が知っている店に行った。そこで紅と白粉を買い、紅筆《べにふで》や刷毛《はけ》も新調した。

「これから戻ってお化粧しよう」

お近が言った。

「これから？」

「そうだよ。そうしないとお高さんのことだから、箪笥《たんす》にしまってそのままになっちゃう」

言われてみればその通りだ。どうやらお見通しであるらしい。

それで、三人でまた丸九に戻り、二階のお高の部屋に行った。

お高は言われたままに手鏡をおいて座って待っていると、お近は慣れた様子で手早く準備をした。お栄は脇でその様子を見ている。

「はい、はじめます」

お近がお高の顔に薄く白粉を塗って紅を差した。

「あ、顔が明るくなった」

お近がうれしそうに声をあげた。

「ああ、きれい。とってもいいですよ。もう今日から、そうしましょう」

お栄も笑顔になった。

「紅つけたら味が分からなくなるわよ」

お高が文句を言ったら、お栄が口をとがらせた。

「すぐ、そんなことを言う。いつも手ばかり、目分量でちゃんと味が決まってますよ」

鏡をのぞくと華やいだ女の顔があった。

「いやだ。恥ずかしい」

思わずお高は顔をふせた。

「どうしてですか？　きれいにしてたら、お客さんも喜びますよ」

お栄が不満そうに言った。

「それに、汗かいたら白粉が落ちちゃう」

「薄くぬれば大丈夫。あたし、今日、自分で試してみたから」

お近が断言する。

「ね、明日の朝から少しお化粧をしましょう。それで、前掛けも新しいのにして、丸九は美人おかみと粋な仲居のいる店になるんです」

お栄が言葉に力をこめる。

「そうそう。それで働きもんで金まわりのいい男をお客にする」

お近も勢いづいて続ける。

「そんなことして、どうするのよ」

「決まってるよぉ。お高さんにぴったりのいい男を見つけるんだ」

お近の言葉にお高は笑いだしてしまった。お高はふたりの気持ちをありがたく受け取ることにした。

清右ヱ門との話はなくなってしまったが、ふたりはお高の嫁入りを諦《あきら》めたわけではない。

いや、気づいたのである。

このままにしてはいけない。

自分たちでなんとかしなくてはと張り切ったのだ。

階下で訪《おとな》う声がするので降りていくと、政次が来ていた。

「おお、どうした。今日は、何かあるのか？」

政次が驚いた顔をした。

「違う、違うのよ。お近ちゃんが少し化粧をした方がいいからって冗談でね」

お高はあわてて言った。

「そんなことねぇよ。少しはかまった方がいい。それが大人の女の礼儀ってもんだ。うちの女房も化粧ぐらいするぜ」

「誰に見せるの？」

「俺だよ。亭主に見せるために決まってるだろ」

政次は偉そうに言って、床几《しょうぎ》に腰をおろした。

「いや、今日来たのは、たいした用事じゃねぇんだけどさ。徳兵衛さんの息子がさっき来て、どこかいい医者を知らないかって言うんだよ」

「桂庵さんじゃ、だめなの？」

「ああ。あの医者は膏薬《こうやく》をくれるだけだからって」

ただのぎっくり腰ではなく、悪い病気が隠れているのだと徳兵衛が言い張るのだそうだ。

「食事を別に作ったり、足をもんだりして大おかみも大変なんだってさ。だから早く治ってもらわないと困るから別の医者を探しているんだって」

いや、あれは只《ただ》のかまってほしい病だとのどまででかかったが黙っていた。

「じゃあ、どこかいい医者の話を聞いたら教えてくれ」

政次は帰っていった。


翌日、今度は徳兵衛の女房のお清が丸九を訪ねて来た。お客が帰って店じまいをする時間だったので店に入ってもらってお茶を出した。お栄とお近は片づけをしている。

「徳兵衛さんの容体はいかがですか？」

「それなんですよ。なかなかよくならなくてね。桂庵先生はそんなはずはないって言うんです。腰の腫《は》れも引いて来たから、痛みもさほどないはずだ。寝てばかりいないで少し体を動かした方がいいって。だけど、あの人はそんなんじゃない、自分はもっと大きな病気だって言うから……」

えび茶の着物をしゃっきりと着て、いつも忙しそうに働いているお清だが、その日は少し疲れたように見えた。

「あたしは神田から上野《うえの》、芝《しば》あたりまで足をのばして評判の医者をたずねたんですよ。蘭《らん》学医《がくい》の先生がいいって言う人がいたから、うちに来て診《み》ていただいたんです。そしたら、腎の方が悪くなっていて、腰の痛みはそこから来ているのかもしれないって」

お清は大きなため息をついた。

いや、あれは、徳兵衛が大げさに言っているだけのことだ。それほど心配するにはあたらないという言葉をお高はのみこんだ。

厨房《ちゅうぼう》はしんとしている。お栄とお近が気配を消して聞き耳をたてているのに違いない。

「知り合いにいろいろ聞いてみましたらね、腰痛だと思っていたら重い病気だったってことがあるんですよ。お店に来る奥さんの旦那《だんな》さんも腰が痛いってずっと言っていた。それが別の病気のせいだって気づいたときにはもう相当悪くなっていて、半年ほどで亡くなってしまいました」

お清は声をひそめた。

「あの人には言わないでくださいね。自分では重病だとかなんとか言っているけど、ほんとには心配していないんですよ。ただ、周りにちょっとかまってもらいたいだけですから。だから、私は最後までそう思わせてあげたいんです」

「えっ、つまりそれは……」

「私は覚悟しましたから」

悲痛な表情でお清は言った。

「それで、今日、お願いにあがりましたのはね。京においしいたけのこがあると聞きましたので、それを食べさせてやりたいと思ったんですよ。お高さん、ご存じですか？」

お高も話に聞いて一度食べてみたいと思っていた。

京都の西の方でつくられているたけのこで、真っ白で刺身にするぐらいやわらかく、それでいてたけのこの香りと味があるという。同じ孟宗竹のたけのこだが、育て方が違うのだ。一年中手入れをした、踏むと足が沈むようなふかふかの竹林で育てられているという。

「あんなにたけのこ好きなのだから、思い残すことがないように、本当においしいたけのこを食べさせてやりたいと思ってね」

「思い残すって……」

お高が思わず声に出すと、お清は目をふせ、たもとで顔を隠した。

市場で仲買人《なかがいにん》をしている政次に相談すると、政次はあちこち聞いて回ってくれた。

「山吹の花の咲く頃っていうから、ちょうど今が時期だ。だけど、市場にはめったに出ないらしいね」

たけのこは足が早い。京から江戸に持って来る間に傷んでしまうという。

「じゃあ、江戸では食べられないの？」

「両国に嵯峨屋《さがや》という京料理の店がある。そこは京都からたけのこを早馬《はやうま》で取り寄せているそうだ。そこでなら、京のたけのこが食べられる」

政次から聞いた話をさっそく升屋に行ってお清に伝えると、せっかくだから徳兵衛を見舞って欲しいと言われた。

奥の部屋に行くと、徳兵衛はむすっとした顔で布団に座っていた。

「俺は困ったよ。女房が木更津の竹林を手放してほしいって言うんだ。病気で行かれなくなったからってさ」

仏頂面《ぶっちょうづら》で言った。

「でも、悪い病気が隠れているんでしょう。自分でも言っていたじゃないですか」

「それは、もう治った」

「だって蘭方医《らんぽうい》の先生が……」

「いやね、あれはただのぎっくり腰だって言うの。たしかにただ事じゃないくらい痛かったんだよ。それは本当なんだ。だけどさ、こっちに戻って何日かして、ご不浄に立とうとしたら腰がぎくって音がした。そうしたら、嘘《うそ》みたいに治っちまった」

「じゃあ、治ったって言えばよかったじゃないですか」

「うん、でもさ。みんな心配してくれて、足もんでくれたりするからね、もう少し痛いふりをしていてもいいかなって思った」

　徳兵衛の狸顔が甘えたように笑った。

「本当に、本当に、治ったんですか？」

「そうだよ」

　当たり前だという顔になる。

　それならお清が頼った蘭方医の診立ては間違いなのか？

　徳兵衛とお清のどちらを信じたらいいのか分からなくなってきた。

「それでさ、お清は俺に京のたけのこを食わせたいとか、言わなかったかい？」

「言われました。それで両国の京料理のお店をお伝えしました」

「知ってるよ。嵯峨屋だろ。食べたことあるよ。だけどさ、俺が好きなのは京のたけのこじゃないの。木更津のたけのこなんだ。それをお高ちゃんに料理してもらうのがいいの」

　それは、ありがたいことだ。

　だが、なんだかひどく面倒なことに巻き込まれている気がする。さすがに楷書《かいしょ》のお高もその気配を感じた。

「嵯峨屋にお清と一緒に行ってくれないだろうか。勘定《かんじょう》は俺が出すからさ。そいで、あいつに俺が好きなのは京のたけのこじゃなくて、木更津のたけのこだって伝えてほしいんだ。あいつだって食べた上で説明すればわかると思うんだ。そうでないと、木更津の竹林を手放さなきゃならなくなる」

やっぱり、そういう腹だったのか。

「そんなこと、私に頼まないでください。得意じゃないんです。頼まれても上手にできませんから」

「だって、ほかに頼む人がないんだから。俺とお高ちゃんの仲じゃないか」

手を合わせて拝む真似《まね》をする。

「知りません。その手をおろしてください」

「いやいや、あんたがいいって言うまでこの手はおろせない」

そんな押し問答があって、結局、押し切られてしまった。

困ったことになったとため息をつきながら升屋の店先に戻ると、お清が待っていた。

「お高さんにひとつお願いなんですけどね、嵯峨屋に一緒に行っていただけないかしら。だって、立派なお店なんでしょう。私はそういうところには縁がないから、ひとりでなんてとっても行かれない。気後れしてしまうんですよ」

「京料理の有名なお店なんて、私も行ったことはないんです。うちは一膳めし屋ですからね、もうもう、そういうところは……」

手をふって断ったが、お清もぜひひと言って譲らない。

相反するふたりが一緒に行ってくれという。

なにか、とても面倒なことに巻き込まれている気がする。

「じゃあ、よろしくお願いしますね」

そう言われた途端、妙な悪寒がしてぶるぶるっと震えた。

嵯峨屋は赤い土壁に弁柄格子《べんがらごうし》の京風の大きな建物だった。お清はよそ行きの絹の着物を着ているが、お高はいつもの藍色木綿である。ただ、お栄とお近に言われて化粧はしている。

「京では、一見さんお断りって言って、誰かの紹介がないと店に上がれないそうなんですよ。でも、びっくりですよねぇ。うちの人はもう何回も来ているんですって。升屋さんどすか？　大旦那はんにはご贔屓《ひいき》にしていただいておりますって挨拶されましたよ」

お清が含み笑いをしながら言った。目が笑っていない。

案内を乞うと、おかみが出て来た。

「今日はちょうど都から白子《しらこ》たけのこが届いております」

奥の座敷に案内され、しばらく待っていると、仲居がざるに入れたたけのこを持って来た。

「こちらがおたずねの白子です。今朝、暗いうちに掘ったものが先ほど届きました」

やや小ぶりのたけのこである。たしかに皮の色がずいぶんと白い。

「私どもで使っておりますのは、京は西山《にしやま》の長岡《ながおか》天満宮の中にある竹林で大切に育てられたものです。たけのこが生える時期だけでなく、一年をかけて土が固くならないように耕したり、わらを敷いたりして手間暇をかけて育てております」

そもそも孟宗竹は平安の昔、長岡京の海印寺寂照院《かいいんじじやくしょういん》の開祖、道雄上人《どうゆうしょうにん》が唐《とう》から持ち帰ったのが最初であると、仲居はつらつらと説明をはじめた。

「江戸では目黒のたけのこが最初と言われておりますが、そのずっと前から京ではたけのこをいただいていたんですよ」

仲居は自慢げに言って話をしめくくった。

「おいしいものはなんでも京が最初なんですねぇ。確かお酒も伏見《ふしみ》のものが、評判で……」

さすがに酒屋のおかみである。お清はちくりと嫌味を言った。

京下りのものだといえば何でもありがたがったのは昔の話。お清もお高も江戸っ子だから、あまり京ばかりを自慢されると片腹痛い。

しかし、仲居は気づかないのか、またひとしきり、伏見の酒の自慢をした。

やがて、運ばれてきた若竹煮はびっくりするほど白かった。丸九の醬油がしみて、茶色になった若竹煮とは大違いである。もしや味がついていないのではと心配したが、食べるとかつおだしと醬油の味がした。双鷗画塾《そうおうがじゆく》にいた仙吉が京の醬油は色が淡いと言っていたのを思い出した。

「まぁ、このたけのこのやわらかいこと。お味も上品ですねぇ」

お清がほめると、仲居も顔をほころばせる。

「そうでございましょう。やはり、京料理は江戸のものとは違います。江戸は醬油が濃いですから、こんな風にきれいな色にはならないのですよ。目で楽しむのも、京の料理ですから」

「たしかに、色は映えますねぇ」

白磁の器にたけのこそのままの象牙色、わかめの緑が清々《すがすが》しい。

小さな器にぽっちりとはいっているのも、上品だ。

上品すぎて、丸九のお客には物足りないだろうが。

お高はそんなことを考えながら、たけのこを食べた。

「ねぇ、お高さん。江戸にいればこんなにおいしいたけのこがいただけるんですもの。なにも、木更津まで行かなくてもいいわよねぇ」

お清がねっとりとした言い方をした。

「木更津どすか？」

仲居が不思議そうな顔をした。

「いえね。うちの亭主はたけのこ好きで、木更津に竹林を買ってしまったんですよ。毎年春になると、たけのこを掘りに行くと言って出かけますんです。日帰りできるはずなのに、五日も十日も帰って来ないんですよ。一体、何をしているんでしょうねぇ」

お清は「ほほ」と笑った。

お高にも徳兵衛とお清の綱引きの理由がやっと見えて来た。

竹林が問題なのではない。たけのこを理由に徳兵衛が木更津で羽を伸ばしているのがまずいのだ。

なにしろ木更津は有名な港町である。噂《うわさ》に聞くと、乙な料理屋もいろいろあるし、粋《いき》な芸者衆もたくさんいるそうだ。

あの徳兵衛は楽しくなるに違いない。それをお清が黙って見過ごすはずはない。

「京のたけのこもおいしいですけれど、木更津のたけのこは味がしっかりしていて江戸風に料理すると、とてもおいしいですよ」

お高はあわてて話をたけのこに戻した。一応、徳兵衛の肩を持ったつもりである。

「徳兵衛さんはもっと固くて、少しイガイガするくらい大きくて立派なたけのこが好きなんです。それをかつおだしで煮て、江戸の醬油とみりんで甘くてしょっぱい味に仕上げたものも、いいと思いますよ」

だから、竹林を手放すのは考え直してくださいねと、言外に匂《にお》わせたつもりである。

「そうでしょうねぇ」

お清はにこにこ笑い、お高を見て言った。

「私、一度、うちの竹林をたずねてみたいと思っていたんですよ。お高さん、いい機会だから、まだたけのこが掘れるうちに木更津をたずねてみませんか？」

「私がですか？」

「そうですよ。掘ったばかりのたけのこを炭火で焼くと、それはもうおいしいそうです。それは行ってみなくては分からないと聞きました。どうですかねぇ」

お清はまたにこにこと笑った。口は笑っているが目が笑っていない。

なんだか怖い。

ここは断ろう。それしかない。

店が忙しいからと、断りの言葉を口にしようとしたその瞬間、お清がひと言を放った。

「どうですか？　季節もいいし、ねぇ」

「あ、ですから……、それでは、そうですね」

「よかった。お高さんが一緒なら私も安心だわ」

すかさずお清がだめを押す。さすがな年の功である。みごとに寄り切られてしまった。

「それじゃあ、せっかくだから徳兵衛さんがご贔屓のお店もたずねましょう。おいしいめし屋、料理屋をたくさん知っていると思いますよ」

お高の口が勝手に動いてしまう。お清もそれはいい考えだとうなずいた。

それからあとの料理のことは、お高はあまりよく覚えていない。

「木更津に大おかみと一緒に行くことにしました」

お高は見舞いと称して徳兵衛をたずねて告げた。自分でも眉根が寄っているのが分かる。

それを聞いて徳兵衛は手を打って喜んだ。

「ありがとうね。さすがはお高ちゃんだよ。頼んだよ。本当にいいところなんだ。そいで掘りたてのたけのこはうまいんだ。手放すのはやめましょうってことに話をまとめてくれよ」

片手をあげて拝むように頼む。その顔が子供のようだ。

「元はと言えば、徳兵衛さんが木更津で何日も居続けて遊んでいるからじゃないですかぁ。さっさと帰ってくれれば、大おかみも怒らなかったと思いますよ」

お高はつい恨めしげな顔になる。

「そうはいかないよ。いろいろ世話になった人もいるしさ、まぁ、とにかくいい所なんだよ」

たけのこも大事だが、木更津の粋なねぇさんたちも大事なのだろう。徳兵衛ののんきな言葉にお高は小さくため息をついた。

翌日、店に来た惣衛門とお蔦に木更津行きの話をした。

「ああ、そりゃあ、いいことだ。行っておいでなさい」

惣衛門が言った。

「それで、例の噂を確かめた方がいいよ」

お蔦も続ける。

「例の噂って何ですか？」

「あれぇ、あんた、徳兵衛さんは何も言ってなかった？　相変わらず肝心なことを忘れる人ですねぇ」

惣衛門があきれた顔になった。

「徳兵衛さんはね、木更津で伊平さんらしい人に会ったんだってさ」

お蔦が言った。

「伊平さん？」

浅黒い肌と細いけれど強い光を放つ目。そげたような頰《ほお》。なたで彫ったような粗削りな顔をした男の姿が心に浮かび、消えた。

伊平は九蔵が丸九をはじめるとき、いっしょに英《はなぶさ》からついて来た料理人で、三年ほどいたがもっと料理を知りたいと出ていった。

お高に三年、いや五年後にはかならず戻ると言ったが、いつしか便りも絶えた。

十二年も前のことだ。

「のりの漁師だそうですよ」

惣衛門が言った。

「料理人じゃなくて？　人違いじゃないんですか？」

「よく似た人を見かけて、知り合いに名前を確かめてもらったら伊平という名で、のり漁師の前は江戸で料理人をしていたそうだよ。魚屋ばかりが並んでいる通りがあるので、そこで聞けば詳しいことが分かるそうだ。いい機会だよ、確かめてきなさいよ」

お蔦が言った。

「いやだ。伊平さんとは全然、そういうのじゃないですから。もう、ずっと前のことで。その頃は私は子供で。気になんかしてません。関係ないですから」

お高は早口で答えた。

清右ヱ門の件があって、お高のごく近しい人たちは伊平のことを思い出した。惣衛門やお蔦もそのひとりだ。

たしかにお高は伊平を思っていた。夢中だったと言ってもいい。若いお高はその気持ちを隠すことができなかったから、九蔵やお栄はもちろん、店に来る人たちも気づいていただろう。

だから、清右ヱ門との話がうまくいかなかったのは、お高がまだ伊平を思っているからだと考えているらしい。

たしかに、伊平のことは忘れていない。

しかし、今でも好きかと言われれば、よく分からない。

あれは、幼い恋だった。

世間から見たら、お高は捨てられたことになるだろう。

いずれにしろ昔のことだ。もういいじゃないか、私のことはほっておいてほしい。

胸の奥に秘めていた思いを他人様《ひとさま》にのぞかれるのは恥ずかしい、腹が立つ。

伊平のことになると、つい頑《かたく》なになってしまう自分がいた。

お蔦はついと白い手を伸ばし、お高の頰にふれた。

「気にしてないなら、確かめてもいいじゃないか。せっかく木更津まで行くんだ。たけのこを食べるだけじゃ、もったいないよ」

あんたの気持ちなんか、先刻承知さ。男の苦労なら、あんたの倍も十倍もしているんだから……。

そうお蔦に言われた気がした。

三

お高は一日店を休みにしてお清といっしょに木更津に行くことにした。お栄もお近も来ると言い、女だけの道中は物騒《ぶっそう》だと升屋の手代の亀吉も連れていくことになったから、思いがけず大人数になった。

木更津までは五大力船という帆船で行く。夜、日本橋を発《た》つと、明け方木更津に着く。お近は船に乗るのは初めてだとはしゃいだ。夜、お腹《なか》がすくといけないのでお高は握り飯と煮物を用意した。お栄は寝酒だと言って酒を隠し持ってきて、早々に飲みはじめた。道案内とたけのこ掘りの力仕事をまかされた亀吉は女たちの勢いに押されて、脇のほうで体を小さくしていた。

「おや、これじゃまるで女正月ですね」

お清は喜ぶ。案外いける口であった。

五人で茶碗酒《ちゃわんざけ》を飲んだら、なんだかすっかり楽しくなり、遅くまでしゃべった。

「うちの人はなんでだか、よく皿を割るんですよ。お膳《ぜん》のおかずを食べるだけなのに、皿を落とすんです。『知らん。茶碗が勝手に落ちた』なんて屁理屈《へりくつ》言って。客用の上等なものばかり割られました」

お清が言った。

「そうそう。徳兵衛さんはうちのお店でもそうだよ」

お近が続ける。

「ちょっと、お近ちゃん」

お高がたしなめたが、いい調子になっているお近は止めない。

「話に夢中になると、手から力が抜けるのかなぁ。ぽろっと落とす。器《うつわ》の縁《ふち》がちょこっとかけるから困るんだよね」

「そうでしょう。分かります。ご迷惑をおかけしております」

お清がおどけた様子で頭を下げた。

「あの駄洒落《だじゃれ》もご迷惑でしょう」

「いえいえ、楽しいですよ」

お高が答えるそばから、お近が言う。

「時々、お客さんがみんな黙ってしまうときがある。あれが困るね」

「面白ければいいんですけど、あんまりくだらないのはねぇ」

ついにお栄も口を出した。

「やっぱりねぇ。今頃くしゃみをしていますよ」

ははははとお清はおおらかに笑う。

徳兵衛は憎めない人である。女たちの格好の酒の肴《さかな》になってしまった。亀吉は最後まで端の方で黙って酒を飲んでいた。

明け方木更津に着くと、亀吉は近くのめし屋に案内した。古くて小さくて、庶民的な見《み》世《せ》である。

「ここは必ず寄る店で、あさりのみそ汁がうまいそうです」

亀吉が説明をした。

「ここもいいけど、あの店もよさそうねえ」

お清が指し示したのは、その少し先にある立派な構えの店である。木更津亭《きさらづてい》という看板が見えた。

一瞬、亀吉の顔が曇る。どうやら、本当の馴染《なじ》みは木更津亭であるらしい。

「じゃあ、あっちの店にしましょうか」

お清はすたすたと歩き、お高たちも後に続いて店に入った。

亀吉は一歩遅れて、店ののれんをくぐった。

「おや、亀吉さん。今日はひとり？　大旦那の腰の具合はどう？」

仲居に声をかけられて、亀吉は足を止めた。

お高たちはすでに小上《こあが》りに座っている。亀吉が困ったようにお清の方に目を走らせたが、お清は知らんぷりだ。

　仕方なく、亀吉は仲居のすすめる床几《しょうぎ》に腰をおろした。

「いつものあさりのみそ汁とご飯でいい？　あさりのさんが焼きもつけようか」

　仲居の言葉に亀吉はうなずく。

「ああ、じゃ、それで……」

「お酒はどうする？」

「いや、今日はいい……」

　だんだん声が小さくなる。

「大将、亀吉さんがお見えぇ。いつものあさりのみそ汁にご飯、あさりのさんが焼きぃ」

　仲居が大きな声をあげた。

「同じもの、こっちも四つね」

　お清がすかさず注文をした。

　すぐに厨房《ちゅうぼう》から、亭主らしい男が顔を出した。

「なんだよ、亀吉さん。それで旦那はどうなのさ。心配してたんだよ」

「まだ、腰が痛いって寝てます」

「だからさぁ、もう年なんだから無理しちゃだめだって。よく言っておきなよ」

「はい」

亭主らしい男が厨房に戻り、料理が出て来た。

木更津の名物はあさりで、みそ汁にもあさりがたっぷりと入っていた。さんが焼きはこのあたりの漁師の料理で、本来はいわしなどでつくるものらしい。あさりの身にたたいた青じそやねぎ、みそを加えて小鍋で焼いたもので、こちらもご飯にあう。

ふだんなら朝飯を食べるお客で忙しい時間だ。

お高はつい店のことを考えてしまう。

「都合により明日は休みます」という札を出すと、お客が口々に言った。

――なんだ、明日は休みか。

――あんたんところが休んだら、どこで飯を食ったらいいんだよ。

めし屋はたくさんあるのに、そんな風に言ってくれる気持ちがうれしい。

「お高さん、お店のことを考えているでしょう」

お近が言った。図星である。

「分かった？」

「そういう顔をしてた。せっかく木更津まで来たんだから、お店のことは忘れて楽しめばいいのに」

お近の言葉に、お栄も我が意を得たりという顔をする。

「そうですよ。なんでもめりはりってもんが大事なんです。旦那さんは遊ぶときは遊びましたよ。お高さんも、そこを見習わなくっちゃ」

お清が笑った。

「私も同じですよ。息子や嫁がしっかりしているからもう何にも心配することなんかないのに。いつも店のことを考えているの。性分なのねぇ」

そしてふと、真顔になった。

「なのにうちの人は……。どうしてあんな風にせいせいと遊べるのかしら。昔っからなのよ」

「しょうがないですねぇ」

お高が言って、四人で笑った。

そのとき、のれんから入って来たのは、細縞《ほそじま》の着物を粋に着流した男である。

「やっぱり亀吉さんだ。さっき船から降りた姿をお見かけして、そうじゃないかと思ったんだよ。で、旦那は？　やっぱり、まだ、こっち痛むの？」

腰をさすって見せる。その口調には花柳界《かりゆうかい》の匂いがする。どうやら太鼓持《たいこも》ちらしい。

「大事にしなくちゃだめだよ。腰はさ、一度やると、繰り返すんだから。だけどさ、ほんと、あの旦那くらい、気風《きっぷ》がよくて、遊びのきれいな人はいないよ。さすがに江戸っ子だね。やっぱり日本橋で生まれ育った人は違うよ」

そう言いながら、亀吉の隣に座った。

「おねぇさん、こっちにも同じものね、それから、お酒も。ああ、お猪口《ちょこ》はふたつ。亀吉さんも飲むよね」

亀吉は困った顔でお清の顔をちらりと見たが、お清はそっぽを向いた。

男は酒がくると、慣れた調子で亀吉に酒をすすめ、自分も飲む。さんが焼きをつつきながら、面白おかしく話をはじめた。

そうこうしていると、入り口の方で華やいだ女の声がしてふたり連れが入って来た。今度は芸者らしい。

「いやだ、亀吉さんでしょう。どうして、ここに？」

「あれから心配していたのよ。大旦那の具合はどう？」

「え、ですから、そのぉ」

亀吉は顔を赤くしたり、青くしたりしながら口の中でもぞもぞと答える。

「ほら、ねぇさんたちもここ座ってさ。お酒、頼もうか」

太鼓持ちが言うと、ふたりは「朝ご飯も頼んでいいかしら」と亀吉にねだる。

ここで宴会が始まってしまうのではないか？

お高は心配になってきた。

しかし、お清は何食わぬ顔でしずかにお茶を飲んでいるし、お栄は意地の悪い目で様子をうかがい、お近はきょときょと目を動かしながら成り行きを見守っている。

「ねぇ、大旦那に伝えてよ。早く治して、またこっちにいらしてねって」

ひとりの芸者が品をつくる。

「大旦那がいないと淋《さび》しいものねぇ」

もうひとりも甘い声を出す。

「そうそう、今言っていたところなんだよ。あの旦那ほど、粋なお人はいないよねって」

ふたりの芸者と太鼓持ちは、しきりに徳兵衛を持ち上げる。

遊びがきれいだの、粋だのというのは、つまりは金離れがいいわけで、夜は宴会で、朝になれば飯を食べさせたり、舟遊びをしたりしているに違いない。そして、その金はどこから出ているかといえば、お清と息子夫婦、手代たちが汗をかきながら手にしたものである。

だんだんお清の顔が厳しくなった。目が三角になっている。

ついに我慢ができなくなったのだろう。

すっくと立ち上がると、亀吉を囲んだ一団に向かった。

「いつも徳兵衛がお世話になっております。初めてお目にかかります。徳兵衛の家内でございます」

軽く頭を下げる。

「あれぇ、そうでがんすかぁ」

一瞬、太鼓持ちは驚いた顔をしたが、そこはさすがである。すぐに表情をやわらげた。

「いやいや、大旦那にはいつもご贔屓《ひいき》をいただいて、ありがたいことですよ。奥様でございましたか。あ、大奥様？　いや、お若いのでお嬢さんかと。お顔を存じないこととはいえ、失礼をいたしました。どうぞ、こちらに」

席を譲ろうとする。

「いえ、結構でございます。今日は竹林を見に来ただけですから」

「あの、お体のほうはいかがでげすか？」

太鼓持ちは卑屈な様子でたずねる。

「はあ、なんだか長引きそうで、もう、こちらには来られないと思います。竹林も手放すつもりでございますから」

ぴしゃりと言い放った。

ありゃ、しまったという顔をしている三人を無視して、冷たい声で亀吉に伝えた。

「私は先に外に出て待っていますから、あなたはみなさんの分のお勘定もすませていらっしゃい。早くね」

言い捨てると、そのまま外に出て行った。亀吉は目を白黒させながら腰を浮かせた。

外に出ると、お栄がこらえきれずにしゃがみこんで笑いだした。ひとしきり笑うと言った。

「ああ、大おかみ、さすがですよ。ご立派。胸がすっとしましたよ」

「どうなることかと、びっくりしましたよ。けど、よかったです」

お近は少し心配そうな顔で言った。

「五日も十日も、こっちで何をしていたのか。そんなことじゃないかと思っていたけど、本当にその通りだった。まったく、腹が立つ」

お清はそう言うと、えいっと小石を蹴った。

ああ、これで竹林を手放すことは決まってしまった。

お高は徳兵衛のがっかりする顔が浮かんで、暗い気持ちになった。


竹林までは駕籠《かご》で行く。畑の中の道を延々と進み、山に入る。それから半時ものぼった。そこでは竹林を手入れしている百姓夫婦の権三《ごんぞう》と笛《ふえ》が待っていてくれた。

「遠いところ、よく来てくださったなぁ」

いかにも人の好《よ》い風の夫婦は何度も言った。

徳兵衛の言った通り、竹林は気持ちのよい場所だった。

まっすぐに伸びた青竹が天を突き、細長い緑の葉が空をおおっている。風が吹き抜けると枝や葉が擦《こす》れ合うかすかな音が響き、木漏《こも》れ日《び》が落ちて来た。

たけのこの時季は終わりに近く、すでに人の背丈ほどにのびた竹があちこちにあった。

権三が地面を探って、掘り頃のたけのこを探してくれた。まず、お高とお清で地面からほんの少し頭を出したたけのこにくわを入れた。落ち葉が重なり合った下にある土はやわらかいが、それでも結構な力仕事だ。お高もお清もひとつ掘るのがやっとで、すぐに音《ね》をあげてしまった。お栄は最初から手を出さない。若いお近と亀吉が頑張って六つ掘り、あとの三つを権三が掘り上げた。

かごに入れて百姓家の庭先に戻ると、笛が焚火《たきび》を焚いて待っていた。

「徳兵衛さんの大好きなたけのこ焼きだよ」

掘ったばかりのたけのこを皮ごと焼くのである。小さい方がやわらかくておいしいというので、五寸ばかりのたけのこを三つ、焚火にくべる。

待っていると煙がもくもく出て、たけのこの焼ける香りがしてきた。棒でかきだすと、真っ黒に焼けたたけのこが転がり出た。外の皮をむき、ざくりと包丁を入れて割ると、湯気とともにふっくらとした白い姿が現れた。

その白さは京料理屋で見たたけのこと同じくらいだ。

それを包丁で切って醬油をたらすと、香ばしい匂いが広がる。

やけどしそうに熱いたけのこを、はふはふと言いながらみんなで食べた。口の中でしゃきしゃきと心地よい音を立て、たけのこの香りが鼻から抜けていく。甘い。そしてやわらかい。お清もお栄もお近もお高も、言葉が出ない。夢中で口に運ぶ。今までずっと四人の後ろで気配を消していた亀吉もこのときばかりは手を出した。

「おいしいだろ。これは掘りたてでないとだめなんだよ。あくが出ちゃうからね」

笛が言った。

そうか。これが食べたくて徳兵衛さんは毎年、ここに通ってくるのか。

お高は思った。

――なんでも採れたてがうまいんだよ。ねぎだって大根だって甘いんだ。みずみずしさが違うよ。とくにたけのこは足が早いね。一日置いたら、全然変わっちまう。

以前、久蔵はそんなことを言っていた。

値千金《あたいせんきん》。そんな言葉にふさわしい美味だ。

「贅沢《ぜいたく》ですねぇ。こういうのが本当の贅沢だわ」

お清が感に堪えないようにつぶやいた。

「こんな力のあるたけのこを食べたら、寿命が十年はのびるね」

お栄が背筋をのばす。

「来てよかった。生きててよかった」

お近が涙ぐむ。

笛は握り飯と山菜の漬物と汁も用意してくれていた。縁側に並んで座って食べた。

かまどで炊いたご飯は少し焦げていて、それがこの地にふさわしい感じがした。山菜の漬物は塩気があって、ご飯がすすむ。きのこの汁はだしがきいていた。

お高は荷物の中から自家製の羊羹《ようかん》を出して、みんなで食べた。

ほどよく疲れた体に甘味がしみる。

おだやかな陽気で気持ちのいい、涼しい風が吹いている。遠くに海が光って見えた。

「お腹がいっぱいになったら眠くなってしまうよ」

お栄が言った。

「徳兵衛さんはいつもこの縁側で昼寝をされるんです」

笛が笑顔で言った。

「そのままうちにも泊っていくこともあったよ。近所の人といっしょに酒盛りしてさ。一度、冬に来てくれって言ってんだよ。しし鍋を作るから。あのお人はいい人だ。立派なお店のご隠居だっていうのに、ちっとも偉そうにしないでわしらと酒をくみかわす」

権三は楽しそうに語りだした。

徳兵衛はここでも楽しく酒を飲んで、駄洒落を言い、ときには歌ったり踊ったりしているらしい。

その話を聞いているうちに、お清の顔つきが変わった。

お清はくすくすと笑いだした。

「ああ。やっぱりうちの人にはかなわない。なんで、こんな風にのんきに楽しく生きていられるんだろう。私こそ、西行《さいぎょう》になりたかったのに」

「西行ってなんですか?」

お近がたずねた。

「『願わくは花の下《もと》にて春死なむ　その如月《きさらぎ》の望月《もちづき》のころ』って詠んだ漂泊の歌人よ。身分も家族も捨てて、心の趣《おもむ》くままにあちらこちらをたずねたの。『ながむとて花にもいたく馴れぬれば散る別こそ悲しかりけれ』」

徳兵衛が言っていた歌だ。

「西行みたいに、私を縛《しば》っているいろいろなしがらみから解き放たれて、ひとりで気ままな旅に出たい。だから時間があると筆をとって西行の歌を写しているの」

「もしかして、その歌を書いていると涙が出たりしました?」

お高がたずねた。

「そうよ。だって世の無常をはかなむ、悲しい歌ばかりでしょう。ひとりでに涙が出て泣けてくるの」

遠くを見る目になった。そういえば、徳兵衛は辞世の句をお蔦に頼んでいた。徳兵衛とお清は似ていないようで似ている。案外似合いの夫婦なのかもしれないと、お高は思った。

その舌の根も乾かぬうちに、お清はきっとなった。

「だけど、私は西行にはなれないの。家族もいるし、お店があるし、人も雇っている。お金の勘定して、お客さんに頭を下げて、朝から晩まで忙しく働いて。それなのにどうして？　どうしてうちの人だけ、なあんにも考えないで、のんきに遊んでいられるの？」

その通りである。でも、隠居なのだから多少のことは目をつぶってもよいではないか。

「違うわよ。あの人がのんきに遊んでいるのは若いときから。腹が立つのはね」

お清は見すかしたように言葉に力をこめた。

「みんながうちの人に味方することなのよ。それが徳兵衛さんのいいところだ。そんなに厳しいことを言ったらかわいそうだ。そういう性分なんだとかね。私はきつい女房だって言われるけど、仕方ないでしょう。誰かが、厳しくならなくちゃ店も家も続かないのよ」

そう言われれば、お高は徳兵衛に味方していた。お高だけではない、惣衛門もお蔦も、お栄もお近も徳兵衛の側だ。

「ぎっくり腰のことだって、みんなしてかばうけど、もうとっくに治っているのよ。私は知っているんだから」

やっぱり分かっていたのだ。

治っているのに、治っていないふりをする。やさしくされたいからなどと言う。他人の目からしたらそこが面白いのである。徳兵衛は憎めない男だ。ちょっといい加減で、のんきで人が好い。いっしょにいると楽しい気持ちになる。

しかし、家の者としてはその子供っぽさが気に障《さわ》る。腹が立つ。

「だから、旅に出たいんですね。その気持ち、分かるような気がします」

お栄がなだめるように言った。

「桜をながめたり、お寺をたずねたり、ひとりで気ままにするの……。桜の下で眠るような最期を迎える……」

芝居にしたら名場面になるだろうが、自分はそんな最期は遠慮したいなあと、お高は心のうちで考えた。それはお近も同じだったらしい。

「あたしは桜の下で死ぬより、たけのこ食べて昼寝したほうがいいなぁ」

あっけらかんとした口調で言った。お清の目がやさしくなった。

「そうね。私もここへ来て、そう思った。怒る方が損しちゃう。ばかばかしいわ」

空は晴れて気持ちがいい風が吹く。おいしい物を食べて、楽しいおしゃべりをした。

「今さらあの性格は直らない。もう、うちの人に腹を立てるのはやめて、来年からはみんなでここに来て、たけのこを食べることにするわ」

権三と笛はにこにこしている。亀吉もほっとした顔になった。

どうやら徳兵衛の思ったようにことは運んだようだ。

午後遅く、木更津の港の近くまで戻って来た。

船が出るまでにまだ少し時間がある。

「帰る前にみやげでも買いましょうか」

お高が言うと、お栄が首を傾《かし》げた。

「せっかくここまで来たのに？」

お近も「このまま帰ってもいいんですか？」という顔をしている。

お栄は芝居がかった様子で言った。

「いやさ、お富《とみ》、久しぶりだなぁ」

歌舞伎十八番『与話情浮名横櫛《よわなさけうきなのよこぐし》』の名台詞《ぜりふ》である。

伊平のことを確かめていけという意味らしい。

お高は空を見上げた。

この機を逃したら、お高は木更津を訪ねることはないだろう。そのくせ、確かめておけばよかったと思うに違いない。

遠くからながめるだけでいいのだ。

声をかけずに帰って来てもいいではないか。

そうだ。それならいい。

お高はやっと決心がついた。

魚屋が並んでいる通りに行くと、お栄はのりや干しわかめ、昆布が並ぶ店でたずねた。

「のりの漁師さんで伊平さんという方をご存じですか？」

日に焼けた大柄の女はお栄の顔をじろりと見て答えた。

「ああ、伊平か？　知っているよ」

「その方は日本橋で板前をしていましたか？」

「板前かどうかは知らんけど、日本橋で食べ物屋にいたような話は聞いたよ。あいつになんか、用か？」

「以前、お世話になりました。たまたまこちらに参りましたので、お目にかかれたらお礼を言おうと思いまして」

お栄はすらすらと言う。横で聞いているお高は顔を赤くして立っていた。

「そうかね。ご苦労さん。伊平の家なら、この先の道をしばらく歩いた海沿いにあるよ」

女は言った。

それだけ聞くと、お栄は「じゃあ、あたしたちはここで」とお近を連れて別の道に行こうとする。

これから先はひとりで行けということらしい。

砂地の一本道を歩いて行くと、松林が見えた。磯の香りが強くなる。頭上にある太陽が照り付けてまぶしいほどだ。

やがて砂よけの竹囲いのある小さな家が連なっているあたりに来た。

お高は胸が苦しくなった。

逃げ出したくなった。

もう十分という気がした。

それでも足は止まらなかった。汗で顔が赤くなっていないか心配になり、やっぱり紅を差してくれればよかったと少し後悔した。

確かめたい気持ちと逃げ出したい気持ちが相半ばする。

突然、三歳ぐらいの男の子が走り出て来た。兄らしい子と若い母親が来た。

母親はよく日に焼けて丸い顔をしていて、腕が太く、元気そうだった。お高より七、八歳は若いように見えた。

「あの、このあたりに伊平さんという方はいらっしゃいませんでしょうか」

「伊平なら、うちの人だ。あんたは？」

女がたずねた。

「日本橋で丸九というめし屋をしております。以前、伊平という名前の板前がおりました。その方をたずねております」

女は「日本橋」と口の中でつぶやいた。

そのとき、弟の方が「とうちゃん」と叫んだ。裏の方から男が出て来た。

日に焼けた黒い肌とそげたような頬。なたで彫ったような粗削りな顔をした男だった。

一瞬、あっと思った。

背丈も年の頃も似ていた。けれど、違った。別人だった。

「俺になにか用か？」

男がたずねた。

「すみません。人違いでした」

お高は頭を下げると、今来た道を走って戻った。

ずいぶん走って松林のところまで来て、胸を押さえて立ち止まった。

なんだか、笑えてきた。

息をきらせて顔を赤くして、自分は一体何を期待していたのだろう。

あれから十二年も過ぎてしまったのだ。

お高にお高の人生があるように、伊平もどこかで自分の人生を築いていることだろう。

もしかしたら、人の親になっているかもしれない。

お高は、さっきあった男の穏やかな目の色を思い出していた。

茶店で休んでいると、お栄とお近がやって来た。手にはみやげのわかめや干物をたくさん持っている。

「会えましたか？」

お栄がたずねた。

「人違いだった。よく似ていたけど、伊平さんじゃなかった。徳兵衛さんらしいわね」

お高は答えた。

「そうですか」

それきりお栄は何も言わずお茶を飲み、お近は団子を食べている。

「やっぱり、お高さんは紅をつけた方がいいですよ」

突然、お栄がまじめな顔で言った。

「そうね。今度からそうするわ」

お高は答えた。さっきまでの胸苦しさがきれいに消えている。

「私、きっと悔しかったのね。腹を立てていたんだと思うの。だって、必ず戻ると言ったのに、勝手に約束を破るんだもの」

「そうですか」

「でも、そんなのくだらない、小さなことよね」

だって、いいお天気で風が気持ちよくて、太陽がまぶしいほど明るい。

「ほんと、いいところだよね。帰るのがもったいないくらい」

お近が言った。

「日本橋もいいところよ」

お高は立ち上がった。道の向こうから、お清がやって来る。後ろを歩く亀吉はみやげの入った大きな風呂敷《ふろしき》包みを背負っていた。

翌日、昼の遅い時間、丸九に徳兵衛はやって来た。

「おや、徳兵衛さん。腰は治ったんですか？」

惣衛門がたずねる。

「顔色もいいね。元気そうでよかった」

お蔦も安心した顔になった。

「立ち上がった拍子に大きな音がして、突然痛みが消えた。それで治っちまった。あの桂庵っていう医者は藪《やぶ》だね。結局、膏薬《こうやく》しかくれなかった」

相変わらずのおしゃべりである。

「木更津のたけのこで作った若竹煮です」

お近がお膳を運ぶと、顔中をくしゃくしゃにして喜んだ。

「ありがたいねぇ。あんたたちのおかげで竹林も手放さずによくなりましたよ」

「おかみさんにお灸《きゅう》をすえられたんじゃないんですかぁ」

徳兵衛はお近の言葉に肩をすくめる。

「そう。おかみが大変におかんむり。おかんむり」

駄洒落ももどってきたようだ。

やり取りを台所で聞いていたお高とお栄は顔を見合わせて笑った。

第四話　意地っ張りの若鮎

一

空が明るい。日を浴びた木々の新芽がぴかぴかと光っている。

二十四節気《にじゅうしせっき》では穀雨《こくう》。百穀を潤《うるお》す雨が降り、水辺では葦《あし》が芽吹きはじめる時季となった。

丸九の女たちの前掛けは新しくなり、お高は毎朝紅を差すようになった。

この日、店では若鮎《わかあゆ》を塩焼きにして出した。

「ほう、めずらしいね。丸九で鮎の塩焼きか。酒が欲しくなるな」

朝一番のお客が言った。

その朝、出入りの魚屋が鮎を持って来た。昨日釣っていけすの中で生かしていたという鮎はやや小ぶりだが、背を光らせ、鮮やかな黄色い模様が入っている。

「お宅にと思って持って来たんだ。いい形《かた》だろう。安くしておくよ」

香りを楽しむなら塩焼きだ。だが、これではご飯のおかずにはならない。

「甘露煮《かんろに》にすればいいかしら……」

そうつぶやいたら、魚屋が不満そうな声を出した。

「なんで、そんなことをするんだよ。初物で食べるんだろ。だったら塩焼きだよ。それしかねぇだろ。瓜《うり》みたいな香りがしてさ、わたはほろ苦くてさ。うまいよ」

舌なめずりをしそうな顔で言う。

「そうねぇ……」

お高はふと、ひとりのお客の言葉を思い出した。

――鮎の香りをかぐと、夏は近いと心が躍ってくる。

楽しみで仕方がないというように顔をほころばせた。もう一度、そのお客の笑顔が見たいと思った。

「わかったわ。いただきます」

お高は言った。それで、その日の献立《こんだて》は鮎の塩焼き、豆腐のほかに大根やこんにゃくも入れて具だくさんにしたみそ汁、あみの佃煮《つくだに》ときんぴらごぼう、甘味《かんみ》は小さな黒糖饅頭《こくとうまんじゅう》になった。

「へぇ、今日は塩焼きなんですか。時間がかかりますねぇ」

お栄が言った。

お客が来たら、待たせず、すぐに料理を出すのが丸九のやり方だから塩焼きはあまり献立に入らない。煮物が断然多いのだ。

「えっ、鮎は串《くし》に刺さなくちゃならないのぉ。面倒だよ、なんでぇ？」

お近も不満そうに声をあげた。

「魚屋さんがすすめるから、ついね。甘露煮とも思ったけれど、そうするとせっかくの香りが消えてしまうでしょ」

お高は言い訳がましくなる。

肝心のお客が来ないうちに昼近くなった。

今日も惣衛門と徳兵衛、お蔦《つた》がやって来て、奥の席に陣取った。

「おや、今日は鮎の塩焼きですか。初物を食べると七十五日長生きすると言いますからね、大事に味わわせてもらいますよ」

惣衛門が言った。

「しかし、時のたつのは早いねぇ。この前正月だと思ったのに、もう鮎ですよ。この分だと、すぐ夏ですよ。夏が終われば、冬なんだ。年の瀬になる」

徳兵衛がたまらないというように首をふる。

「なんだい、秋はどこに行ったんだよ」

お蔦がたずねる。

「そうそう、あたしもそれが聞きたい」

「こちとら商人《あきんど》だからね、商いだけに、秋がない」

三人のやり取りを聞くとはなしに聞いていたお客の間から、「しょうがねぇなぁ」というような苦笑いがもれる。「はは」と声をあげて笑ったのは、時々やって来る茶筅髷《ちゃせんまげ》の初老の男だ。いつも昼過ぎ、ひとりで来てゆっくりと食べて行く。何かを教えている人らしいが、本当のところは分からない。

「しかし、鮎っていうのは縄張りを守る魚らしいですよ。だから、友釣《ともづ》りっていうのがあるんですよ」

惣衛門が言った。

釣り糸におとりの鮎をつけて泳がせると、縄張りを侵されたと思って怒った雄の鮎がぶつかってくる。それを釣り針にひっかけて釣り上げるというものだ。

「いいねぇ。男ってぇもんは、そんな風に戦わなくちゃならないときがあるんだよ。戦ってさ、勝ち取るんだ。ねぇ、お高ちゃんもそう思うよね」

お茶のお代わりを持って来たお高に、徳兵衛が言った。

その様子にちらりと目をやったのは仲買人《なかがいにん》の政次である。市場の若い者を連れて食べに来ている。

「夏の祭りなんか、すぐだ。あれこれ準備を考えたら、もう遅いくらいだ」

こちらでも、気の早い話である。

「今年こそ、大黒様《だいこく》は返してもらいてえな」

半纏《はんてん》姿の若者が飯碗《めしわん》を手にしたまま言った。

「そうだよ。このままずるずるとしていたら、結局向こうのものになっちまう。ここらで一度、決めておかねぇとさ」

別の若者も飯をかき込みながらしゃべる。政次は食べる手を止めてたずねた。

「今年もあっちは長八《ちょうはち》が仕切っているのか」

「もちろんさ」

若者が答えた。

日本橋通《とおりあぶらちょう》油町に住む荒物《あらもの》屋の長八は政次と同い年だ。そして子供の頃からの喧嘩《けんか》相手である。

浜町《はまちょう》川をはさんだ油町と塩町《しおちょう》の子供たちは昔も今も張り合っていて、喧嘩が絶えない。油町の子供が塩町に足を踏み入れようものなら、塩町の子供たちが棒を持って追いかけて来る。向こうがこっちに来たときも同様で、棒を持ち、石を投げて追っ払う。

しかし、子供の喧嘩と笑い事ですまなくなったのは、大黒様のことがあってからだ。

汐見《しおみ》大黒と呼ばれる木彫りの一尺半（約五十センチ）ほどの高さの座像で、大きな袋を背負い、手には打ち出の小槌《こづち》を持っている。全身が真っ黒で、頭も体もずいぶんとすり減っているのは、自分の体の悪いところをなでると治ると言われていて、みんながなでたりさすったりしたからだ。

五年前、台風で浜町川があふれ、油町にあったほこらも水びたしになったので、仮に塩町に預かってもらうことにした。翌年、ほこらを建て直して、大黒様を返してもらおうと思ったら、塩町はもともとその像は、二十年前の大水のときに預かってもらったもので、こちらのものだと言いだした。「ほら、これ、この通り」と古びた書き付けを持ち出したのは、長八のじいさんである。

大事な大黒様である。そんな話は聞いたことがないと油町の者たちは文句を言ったが、塩町では書き付けを盾《たて》に、いまだ返してもらえない。それで油町が収まるはずもない。年々不満はたまり、いまや爆発寸前なのである。

「決めるときは、決めねぇとな」

三杯飯を平らげた若者が言う。

「ああ。いつまでもほこらが空いていたら、かっこ悪くていられねぇよ」

「夏とは言わず、来月の大祭までにはなんとかしてぇな」

だんだん期日が短くなる。

どうする、どうするという風に、若者たちの目が政次に集まって来た。

「そうだな。このまんまってわけにはいかねぇな」

みんなの言葉に押されるように政次はうなずいた。


鮎も残り少なくなり、そろそろ店を閉めようかという時刻にそのお客がやって来た。町《ちょう》人髷《にんまげ》を結《ゆ》って細い縞《しま》の着物で、いつもひとりだった。日に焼けた浅黒い肌に黒い瞳で、やせて力のありそうな体をしていたが、市場で働く男たちとはどこか違っていたし、商人のようにも見えない。

――手になじむ、いい器《うつわ》を使っていますね。

最初に来た日、男は言った。

飯がうまい、汁がおいしいと言う人は多いが、器のことをほめる人は少ない。

――この店をはじめたとき、父が瀬戸《せと》の窯《かま》に注文して焼かせたものです。うちのお客さんはご飯をたくさん食べるから、ふつうよりひと回り大きくつくってもらいました。

白地に藍色《あいいろ》の線が入った飯茶碗はむだのないすっきりとした姿をしている。それは、九蔵が使いやすさ、持ちやすさにこだわった結果だ。たくさんご飯をよそえて、少々乱暴にあつかっても割れない程度の強度と厚みがあって、重ねてしまえる。しかも重くない。それは、焼き魚を盛りつける角皿《かくざら》や、汁椀《しるわん》、塗《ぬ》り箸《ばし》についても同様だ。

――器のことが分かっている人だったんだな。

男は言った。そのひと言で、お高はそのお客のことを覚えた。

「今日は鮎の塩焼きに具だくさんのみそ汁、あみの佃煮、きんぴらと小さな黒糖饅頭です」

お近が伝える献立を聞いた男は顔をほころばせた。

「鮎か。今日は鮎の塩焼きですか。いい日に来ました」

台所にいたお高はその言葉を聞いて、うれしくなった。とっておいた、とりわけ形のいい鮎に串を打つ。

炭火にかけると、鮎が焼けて皮が香ばしい色に変わっていく。塩が白く固まった。中の身は白く、ふっくらとやわらかに焼きあがっているはずだ。鮎の塩焼きには欠かせないから、蓼《たで》をすりつぶして酢を加えたたで酢も添えた。ぴりっとした辛《から》さが鮎の淡泊な味を引き立てる。

料理屋でもないのに、どうしてたで酢まで用意したのだろうか。

自分でもよく分からない。

だが、たで酢をつくっているとき、そのお客の顔が浮かんでいた。そんな風にひとりのお客を待つことなど今までなかったのに、どうしたことだろうかと首を傾《かし》げた。

けれど、とうとうそのお客が来て、食べなれた様子で鮎の身を箸で押さえ、骨を引き抜いているのを見たとき、これでよかったのだと思った。

食べ終わったお客が帰って行く後ろ姿を目で追っていると、お栄が近づいてきた。

「それで、鮎を仕入れたんですね」

「え、なにが？」

お高はとぼけたが、頰《ほお》が熱くなったのが自分で分かった。

「いえね、たまたまよ。だって、鮎はほかのお客さんも喜んでくれたじゃないの。私もそろそろ鮎を出したいなぁって考えていたし……」

自分でも何を言っているのか分からない。

「なんにしたって、いいことですよ」

お栄が訳知り顔で答えた。


最後のお客が帰って、のれんをおろそうと表に出ると、さわさわと若葉を揺らした風が頰をなでた。にぎやかに鳴きかわす鳥の声が響いている。

お近が出て来て表通りをながめ、また戻っていった。さっきも、たしか、そんな風に表を気にしていた。

「誰かと約束しているの？」

「うん、まぁ」

言葉を濁《にご》す。洗い物が終わった頃、若い男が顔を出した。太縞の着物に流行《はや》りの髷《まげ》を結っている。お近はうれしそうに駆け寄った。どうやら「もう少しで終わるから、待っていてくれる？」「いいよ。そこの茶店にいる」というようなことをしゃべっているらしい。

「あの人、誰？」

お高はお栄にたずねた。

「そこらの半ぐれじゃないんですか？」

お栄が答えた。

「半ぐれじゃないよ。松吉《まつきち》っていって市場で働いている」

いつ戻って来たのか、お近はふたりの話を聞いて口をとがらせた。

「どうせ、手間仕事だろう。どこで引っかかったのさ」

お栄が意地の悪い顔をする。

「前から顔は知っていたんだ。この前、縁日のとき神社で会って話をして、それから仲良くなった。面白い子だよ」

「でも、あんたには剛太さんがいるじゃないの」

「だって剛太は忙しくて、なかなか会えないんだもん」

「そりゃあそうだよ。漁師なんだから。夜明け前から漁に出て、魚を市場に入れて、品川の家に戻っても仕事があるんだろ。あんたとなんか、遊んでられないよ」

当たり前だという顔でお栄が言った。

「そんなのつまんない。あたしはすぐ顔が見られて、いっしょにあちこち遊びに行けるような人がいいんだ」

もっとかまってほしいということか。

「無理を言わないの。剛太さんだって、お近ちゃんに会いたいと思っているわよ」

お高はお近を慰《なぐさ》めた。

「よそ見しないで剛太にしておきな。悪いことは言わないから」

お栄がぴしゃりと叱《しか》った。

二

午後遅く、その日の仕事を終えてお近が帰り、お栄は帰り支度《じたく》をし、お高もそろそろ二階の部屋に引き上げようと思っていたときだ。

「おい、悪いな。ちょっとこの店を借りるぞ」

政次の声がしたのでお高が入り口の戸を開けると、四、五人の男たちがどやどやと入って来た。ひとりの若い男の顔は赤くはれていて、足をひきずっている。

「どうしたの？」

お高は驚いてたずねた。

「塩町に行ってもめたんだ」

政次が言葉少なに答えた。

すぐに井戸水でぬらした冷たい手ぬぐいを渡した。見れば着物は泥だらけで、どうやら殴られたか蹴られたかして地面に転がったらしい。

「この後、医者に連れて行く。とりあえず、水を一杯くれ」

政次が言うので、水を渡すと、若い男に飲ませた。

「もう一遍《いっぺん》、最初から話してくれ。塩町のやつらにやられたんだな。なんで、そんなことになった」

その男は名前を平吉《へいきち》といった。知り合いの女が腕を怪我《けが》したから汐見大黒にお参りに行きたいと言ったので、平吉がついて行くことにした。

それが裏目に出た。

汐見大黒の近くには塩町の若者がたむろしていたのだ。

「お前、油町の者だろう。ここに何しに来た」「そんなの、お前らには関係ねぇだろ」「関係ねぇってことはねぇだろ」というようなやり取りがあり、殴り合いになったという。

平吉は口下手《くちべた》で、すぐ手が出る方だ。

「怪我を治しに行って、怪我して帰ってきたんじゃ洒落《しゃれ》にならないねぇ」

まだ残っていたお栄がつぶやき、「それじゃ」と言って帰って行った。

「平吉、お前、女連れだからってかっこいいところを見せようとしたんじゃねぇのか」

仲間のひとりが言う。

「だらしねぇよな。結局、やられっぱなしだったのか」

別の若者が歯ぎしりする。

「政次さん、あいつらをこのまま調子に乗らせていいんですかい？」

「あの大黒はもともと油町のものなんだ。その大黒のところに行って、文句を言われる筋合いはねぇよ」

「まだるっこしいから、いっそ、夜討ちでもなんでもして、大黒を持って来ちゃいましょうよ」

話がだんだん荒っぽくなって来たので、どうなることかとお高ははらはらした。

「まぁ、お茶でもひとつ飲んで落ち着いてくださいな」

みんなに番茶をいれた。

「そうだな、まぁ、そういきり立つなって」

政次がなだめた。

しゃべるだけしゃべると少しは気がすんだのか、若者たちは医者に行くと言って平吉を連れて出て行った。政次がひとり残った。

「まったく血の気の多い奴《やつ》らが多くて、困ったもんだよ」

政次はため息をついた。

「どうするつもりなの？　夜討ちなんかしたら、それこそ大事《おおごと》になっちゃうわよ」

そうなったら火事と喧嘩は江戸の華《はな》などと笑ってはいられないことになる。お高は心配でたまらなくなった。

「うん。それでさ、ちょっと考えたんだけど」

政次は真剣な顔をした。

「そっくり同じ仏像をつくらせようかと思っているんだ」

「汐見大黒がふたつになるの？」

「そうさ。そうすりゃ、油町と塩町の両方に汐見大黒があることになる」

「でも、そうしたら、どっちかが本物で、どっちかが偽物《にせもの》になりはしない？」

「ならねぇよ。両方が本物なんだ。そういうことにして、新しくつくったほうを塩町に持って行って、古い方を返してもらう」

「うまくいくかしら？」

「いかなかったら、こっちが新しい方を置くことにして、隙《すき》を見てすり替えちまう」

「はあ？　それって泥棒するってこと？」

お高は頭のてっぺんから声を出した。それを見て政次はげらげらと笑いだした。

「人聞き悪いなぁ。貸したものを返してもらうだけだ。な、名案だろう？」

そうだろうか。

すり替えるといったってどうするのだ。

人目もあるだろうし、簡単にできるとはとても思えない。

昔から政次は、考えることは面白いけれど穴だらけ。途中で頓挫《とんざ》することが多かった。いっぱしの顔をしているが、そのあたりは昔のままではあるまいか。

お高はますます心配になった。

「そこでちょいと、お高ちゃんにも頼みがある。今日、その仏師《ぶっし》の所に行くつもりなんだ。一緒に来てもらえねぇか?」

「なんで、私が一緒に行くのよ」

「大黒様を彫ってくれなんて頼むのは初めてだ。右も左も分からねぇから、お高ちゃんがついて来てくれると安心だ」

上目遣いに甘えたような顔をした。この前は兄貴ぶって、幸せになれよなどと言ったくせに今日は、なんだ。お高はため息をついた。

お高と政次は同じ年だ。小さいときは政次にぶたれて、お高は泣いた。しかし、十歳ぐらいになると、それが逆転した。女の子の方が成長が早く、口が達者になるのだ。お高は姉さんぶって政次に説教をした。しかし、今や政次は仲買人としても一人前になり、家ではふたりの子を持つ親である。一膳めし屋をきりもりするお高を心配して諭《さと》すような口をきく。

それでも、こんなときに頼る相手はお高なのか。

この前は徳兵衛とお清のごたごたに巻き込まれた。

今度は政次か。

どうして、自分はいつも他人のことで走り回らなくてはならないのだろう。

断ろう。絶対に断ろうと思ったが、政次に「な、いいだろ？」と頼まれて、お高はつい引き受けてしまった。

入谷《いりや》の方に腕のいい仏師がいるというので、ふたりでその仏師をたずねることにした。

木くずが散らかる工房で、白髪頭でえらの張った頑固そうな仏師が仕事をしていた。

「汐見大黒とそっくりな大黒様を彫ってほしい」と言うと、仏師はさらに渋い顔になった。

「汐見大黒ってぇのは、あの手垢《てあか》で真っ黒になった大黒さんだろ」

「そうなんです。あの黒いところも、けずれて丸くなったところも同じように。できれば、ふたつ並べると見分けがつかないくらいに」

政次が頼んだ。

「そんなん、できるわけ、ねぇだろ」

にべもない。

「あれは、何年も何十年も、人の手が触れてああなったんだ。そういうのは、真似《まね》しようと思ってもならねぇ。わざとらしくなるだけだ」

「そうかぁ、困ったなぁ」

政次は考えている。しかし、ここで引き下がったらどこへ行っても同じこと、断られるに決まっている。

「いや、ですから、そこをなんとか」

お高は食い下がった。仏師はだめだめというように首をふった。

「もうひとつ、理由があるんだ。あれはいわゆるなた彫りという技法でね、太い一本の木をなた一丁で削って形づくる。脇の方とかよく見ると、なたで削ったまんまになっているだろ。わしらのとはつくりが違うんだ」

なたというのは、枝を打ったり、小枝を払ったり、薪《まき》を割ったりする道具だ。そんなもので、仏像のような繊細なものがつくれるのだろうか。

「よく気づいたな。そこが技なんだよ」

仏師はうなずいた。

汐見大黒は大振りの刃物で削ったようにざっくりとつくってある。三日月形の目はちょん、ちょん、ちょんと三回くらい刃物を入れたという感じだ。

「そうだろう。手数ってぇのは数を多くするより、少なくするほうが難しいんだ。わっちは、あんな真似はできねぇ」

その仏師は太いものから細いものまで何種類もの刃物を使い分け、やすりをかけてなめらかに仕上げるのだそうだ。

「あれは欅《けやき》かなにか、固い木じゃないのかねぇ。ざくざく削ったように見えるけど、あんな風になたを自在に使いこなすのは相当な技だ。荒々しいけれど、やさしい。あれは結構な名人がつくったもんだと思うよ」

そんなにすばらしい大黒様だったのか。お高は改めて感心した。

腕のいい仏師が魂を込めたものだったのだろうか。

その大黒様をふたつの町で取り合うというのはいかがなものか。こっそりすり替えるなどは言語道断。大黒様が悲しむに違いない。

お高が胸のうちであれこれと考えている間に、政次はまた勢いを取り戻していた。

「そのなた彫りをする仏師はどこにいるんだい？」

政次がたずねた。

「山の村か、海辺か、旅の途中じゃねぇのかねぇ」

仏師はぶっきらぼうに答えた。

江戸の初め、円空《えんくう》という仏師がいたそうだ。美濃《みの》の生まれと伝えられ、苦しむ人々の心に寄り添い、癒《いや》すため、遠くみちのくや蝦夷《えぞ》にまで足をのばして仏像を彫り続けた。生涯で彫った仏像の数は十二万体にのぼると伝えられている。

「今でも、その円空に憧《あこが》れて、各地を旅しているって仏師がいるそうだよ」

そのような仏師とめぐり会うのは、砂の中で金を探すようなものに違いない。

「分かりました。ありがとうございます」

お高はすでに諦《あきら》めの気持ちである。

仏師のところを辞すと、政次に言った。

「違うことを考えた方がいいんじゃないの」

「あっちこっち歩いているんなら、江戸にもひとりふたりいるんじゃねぇのか」

政次はあくまで前向きだ。

「お高ちゃんの店にはいろんな奴がくるだろう。そういう仏師を知っている者も来るよ」

他人事《ひとごと》のように簡単に言う。

「また、そういう面倒な仕事をこっちに押し付ける」

お高は口をとがらせた。

「その円空もどきだって、腹を減らすだろう。市場でいくら声をからしたからって仏師にはめぐり会えない。お前のところの方がよっぽど確かだ」

にっこり笑って肩をぽんとたたかれた。

しかし、三杯飯を食べているお客に「あなたは仏師ですか？」とたずねるわけにもいくまい。どうやって、仏師を探すのだ。

しばらく考えて、ふと思いついたのは双鷗画塾《そうおうがじゅく》である。林田双鷗は将軍の仕事もする著名な絵師で、その私塾が双鷗画塾である。絵描きの中には仏画を得意とする者もいるだろう。仏師を知っている者もいるかもしれない。

勘助という顔見知りの画学生がいるので、お高は政次を連れてたずねることにした。双鷗画塾は立派な看板のある二階建てで、一階では修業中の者が学んでおり、二階では双鷗や師範の先生たちが仕事をしている。

お高と政次は裏口に回り、勘助を呼んだ。勘助は絵を描いていたところらしく、あちこちに絵の具がついた着物のまま出て来た。

お高がなた彫りのできる仏師を探していると言うと、いたちのような黒い目をくりくりと動かした。面倒なことはご免という顔をしている。

「そういうことはちょっと……」

断りの言葉を口にした。

こういうときに、信二郎か仙吉がいたらなと思わずにはいられない。あのふたりなら、お高の話を真剣に聞いて親切に手を貸してくれたに違いない。

「なた彫りのできる方でなくてもいいのです。仏像について詳しい方がいらしたら、教えていただきたいのです」

お高が食い下がると「まぁ、その程度でしたら」と勘助は渋々言って、中に入っていった。誰かに相談しているらしく、しばらく待たされた。

双鴎画塾にはたくさんの画学生が学んでいるはずだが、話し声はほとんど聞こえない。びっくりするほど静かだ。鳥の声と遠くで薪を割っている音が響いていた。

やがて、もう少し年かさの男といっしょに出て来た。

「なた彫りのできる仏師に心当たりはないのですが、作太郎《さくたろう》という作陶《さくとう》をしている男がいます。勉強のために唐《とう》の陶器をまねているのですが、色も形もまったく同じようにつくることができます。作太郎に相談してみてはいかがでしょうか。今、向こうで薪を割っています」

政次は「ちょっと違うんじゃないのか」という顔をしている。しかし、ここで躊躇《ちゅうちょ》したらせっかくつないだ糸が切れてしまう。

お高はかまわず「よろしくお願いします」と頭を下げた。

案内されて中庭に行くと、なたを振るっている男の後ろ姿が見えた。

お高は目をこらした。背中に見覚えがある。

あの後ろ姿はたしか……。

なぜか胸がどきどきしてきた。

勘助が「作太郎さん」と呼びかけると、男が振り向いた。

やっぱり。

思わずお高に笑みが浮かんだ。鮎好きの、あのお客だったのだ。そうか、双鷗画塾で陶芸を学んでいるのか。店の器が気になったはずである。

「丸九の者です。いつも、ありがとうございます」

お高が挨拶《あいさつ》すると、作太郎は「ああ、こちらこそ」と白い歯を見せて笑った。すがすがしい笑顔だった。お高は頬が熱くなった。

「今日はご相談があってうかがいました」

お高は一歩前に踏み出した。自分でもびっくりするほど明るい声だった。

しかし、事情を説明すると作太郎は困った顔をした。

「大黒様ですか？　たしかに私は唐の陶器を学んでいますが、壺《つぼ》とか皿なんですよ。それこそ畑違いもいいところだ」

作太郎は絵描きになるつもりで双鷗画塾で学んでいたが、ふと目にした焼き物に惹《ひ》かれ、作陶に目覚めた。加賀《かが》で学び、たまたま江戸に戻ってきたところだという。

「でも、勘助さんは唐の壺でも皿でも、そっくりそのまま、とても上手につくると言っていましたよ」

お高は言葉に力をこめた。

「いやいや、そんなことはありませんよ。勘助の奴、とんでもないことを言うなぁ。分かりました。とりあえず、その大黒様を見せていただけますか？」

作太郎は言った。

お高と政次、作太郎の三人で塩町にある汐見大黒を見に行くことにした。浜町川に近い神社のすぐ近くにほこらがあり、そこに大黒はまつられていた。花がたむけられ、周囲は掃除が行き届いている。近所の人たちが交代でお世話をしているのかもしれない。

近くに所在なさそうにしている若者がふたりいたが、政次がにらむと、どこかに消えた。

「これが汐見大黒ですか。いいお顔をしていますねぇ」

作太郎は大黒をながめて言った。

「そうかぁ？　俺には表情なんか分からねぇな。みんながなでたりさすったりしたから、もう顔が消えかかっているだろ」

政次が答えた。

「それがいいんですよ」

作太郎は真剣な眼差《まなざ》しで大黒をながめた。本来、鼻はもっと高く、小鼻も張っていただろう。丸く盛り上がっていたはずの頬はすりきれて扁平《へんぺい》になっている。このままではお顔が消えてしまうと、十年前に顔には触れないことを決めたのだが、すでにかなり手遅れになっていた。お腹《なか》はでこぼこがなくなって丸太のようだし、膝《ひざ》ときたらすっかり溶けてしまったようだ。

「ここまでになるには、何十年もかかっているんでしょうねぇ。その間、ひたすら人々の思いを受け止めてこのお姿になった。これは人がつくろうと思ってできる物ではありませんよ」

作太郎がかがんだり、後ろに回ったりして熱心に見ている間にも、背中の曲がった年寄りがひとりでやって来て、熱心に手を合わせ、大黒様の膝をなで、自分の膝をなで、何か口のなかでつぶやいている。

「この大黒様がつくられた経緯というのはご存じですか?」

政次に作太郎はたずねた。

「火事や大水があって、古い書き付けが焼けたり、なくなったりしているんで、詳しいことは分からなくなったんだ。だけど、昔っから油町にあることは確かなんだ」

油町のものだということを、ことさらに強調した。

「先にたずねた仏師には名人が彫ったものだろうと言われましたけど、そうなんですか?」

お高は作太郎にたずねた。

「間違いなく名人のものでしょう。今もすばらしいけれど、彫られたばかりの頃は、おおらかで力強い、しかも親しみやすいお姿だったと思いますよ。だから、こんな風に怪我や病気を治すという風なことが言われたのかもしれない」

作太郎は感慨深い様子で言った。

「これと同じような物をつくることはできますか?」

お高がたずねた。

「いやいや」と作太郎は手をふった。

「とても私にはそんな力はありませんよ。みなさんの思いがこもって、この色と形になった。真似しようと思ってできるものじゃない」

「いや、そっくり同じでなくていいんだ。だいたいのところが、似ていれば。ほこらが暗いから、よく見なければわからねぇ」

政次はまだ、すり替えることを考えているらしい。

「恵比寿《えびす》大黒というでしょう。恵比寿様と大黒様はふたつでひと組になっていることが多いのですよ。このときも、大黒様と一緒に恵比寿様を彫ったかもしれない。それを探してみたらいかがですか? それで塩町が大黒様なら、油町は恵比寿様ということにしては?」

「いや、それはだめだ。そういうことにはならない」

政次は言下に否定した。

「この汐見大黒はもともと油町にあったものなんだ。とられっぱなしってことは、こっちの負けだろ。それじゃ、こっちの気持ちが収まらねぇ。意地ってもんがあるんだ」

その意地とやらが問題をややこしくしているのである。

いい大人が困ったものだと、お高は頬をふくらませた。

そのとき、後ろの方で人の気配がした。

「おや、政次じゃねぇか。久しぶりだな。ここで、何をしてるんだ」

太い声がして振り返ると、長八がいた。あごにたっぷりと肉がつき、腹も出ているが、よく見れば目のあたりに子供の頃の面影《おもかげ》がある。子分らしい若者をふたり連れていた。

「お前が昔投げた石で出来た傷が痛むんで、大黒様にお願いに来たんだよ」

政次がぐいとにらんで言う。

「ほっほ。そうかい。俺も、お前に蹴られたすねが痛むんで来たところだ」

長八もにらみ返す。

早くも火花が散っている。

「まぁ、それは冗談だ。この方はな、双鷗画塾の偉い先生なんだ。汐見大黒をごらんになりたいというので、案内した」

「へぇ」

双鷗画塾という名前を聞いて長八の声の調子が少し変わった。

「先生、どうぞ、よくごらんください。汐見大黒はもともと塩町にあったもので、今、また、こちらに戻って来たもんです。証拠の書き付けもありますから」

長八はつくり笑顔で説明する。

「その書き付けとやらが怪しいんだ」

政次が言えば、「聞き捨てならねぇな」と長八の子分がすごむ。にらみあう政次と長八から、お高は作太郎を引き離した。

「すみませんねぇ。こんな調子で困ったもんなんですよ。もう、帰りましょう」

お高は小声で作太郎に言うと、油町に向かって歩きだした。

しばらくすると、政次が追いかけてきた。

「なんだよ。置いてくなよ。冷たいなぁ」

「喧嘩でも始められて、せっかく来ていただいた双鷗画塾の先生に怪我させたら大変だもの」

お高が言うと、政次は口をへの字に曲げた。

そんなやり取りを楽しそうに聞いていた作太郎が言った。

「おふたりは仲がいいんですね」

「違います」

「違うよ」

お高と政次は同時に答えた。

「がきの頃から知っているから遠慮がないだけだ」

政次の言葉にお高はうなずく。このときばかりは意見が合う。

浜町川を渡り、油町に入ると政次が言った。

「腹減ったな。俺は昼、食ったきりだ。先生だってそうだろ」

そろそろ日が傾きかけている。お高も昼を食べたきりで、お腹《なか》がすいている。

「まあ、そうですね。でも、私は先生じゃありませんから。作太郎と呼んでください」

「先生も腹ペコだってさ」

政次がちらりとお高の顔を見る。丸九で何か食べさせてもらおうという魂胆《こんたん》らしい。

「うちはもう、店じまいですよ」

「いいじゃねぇか。なんか、あるんだろ。かみさんが時分どきでないときに飯とか言うと、嫌な顔をされるんだよ。子供が三人もいるとさ」

お高だって面倒には変わりがない。なぜ、ひとの亭主の面倒を見なくてはならないのだ。いつもだったら追い返すところだが、今日は作太郎がいる。

「しょうがないわねぇ」

お高は丸九に案内した。

丸九に戻って、残っていたご飯に雑魚《じゃこ》を混ぜておにぎりにし、醬油《しょうゆ》を塗って焼きおにぎりにした。

汁はつぶした梅干しととろろ昆布に醬油を落とした。湯をかけて混ぜると、だしのきいった。疲れたときにうれしいちょっとすっぱい汁になる。それに黒糖饅頭がちょうど三個あった。

政次はお高の後ろをうろうろとして、ちょいと足りねぇななどと言うから、油揚げをあぶって刻み、ゆでた青菜と混ぜて和《あ》え物にした。

「ありがたいねぇ。お高ちゃんの料理は名人級だ」

政次は持ち上げる。

作太郎はにこにこ笑っておにぎりを口に運ぶ。日に焼けた顔の頑丈そうな顎《あご》が動いて、のど仏《ぼとけ》が上下する。細いけれど力のありそうな腕や頑丈そうな肩にふさわしい、気持ちのよい食欲をみせた。

お高はその様子につい見とれてしまう。

作太郎の食べ方は無造作だけれど、美しい。毎日、たくさんの人の食べる様子を見ているが、こんな風にすがすがしい食べ方をする人はめずらしい。

黒糖饅頭でほうじ茶を飲んでひと息つくと、政次が言った。

「先生、やっぱり、大黒様をつくってもらうことはできないですかねぇ」

「だから、私は先生じゃないですよ。それに焼き物ですし。あのすばらしい大黒をそっくりそのまま真似できる人は江戸でも何人もいないんじゃないですか」

「そこをなんとか」

政次は諦めない。

「この人はそっくり同じ大黒様をつくって、本物の大黒様とすり替えようとしているんですよ」

お高は告げ口をした。政次の作戦を聞いて作太郎は苦笑いした。

「ずるいことをして手に入れた大黒様を、みんなはありがたいと思いますかねぇ」

政次は肩を落とした。やはり、恵比寿様を探すしかないのだろうか。

そのとき、裏の戸がそっと開いて、剛太が顔をのぞかせた。

「あれ、どうしたの？　お近ならとっくに帰ったわよ」

お高が言うと、剛太は淋《さび》しそうな顔になった。

「剛太。お前がしゃんとしないから、お近がふらふら、よその男と出歩いてんだ。しっかりしろい」

政次は若い者を叱る年上の男の顔になって言った。

「すいません」

剛太はぺこりと頭を下げて帰って行った。

「政次さんは、この辺りの顔役なんですね」

作太郎が感心したように言った。

「そんなんじゃねぇけどさ。一応、若い者を見ることになってんだ」

頭をかいた。その様子を見て、思い出したことがある。油町の顔といえば、長谷勝《はせかつ》の大おかみである。

「そういえば、俵物問屋《たわらものどんや》の長谷勝に立派な恵比寿様があるって聞いたことがあるわ」

「あの長谷勝か？」

政次がたずねた。

あの、と言われるのにはわけがある。俵物、つまり海産物を扱う商売は荒っぽい男の商売だ。ところが長谷勝の家では代々女が店を守っている。なぜか亭主が早死になのだ。

今の当主、大おかみはお寅《とら》という。俵物の商いを女だてらに守ってきたせいか、いや、もともとそういう性格だったのか、お寅は気性が激しい。六十を過ぎて、髪は真っ白になり、体はやせて小さくなったが、いまだに男たちを大声で怒鳴り、厳しい舌鋒《ぜっぽう》でやりこめる。政次などはまったく頭が上がらない。

三人の器量よしの娘がいるが、婿《むこ》の話がなかなかまとまらないのは、亭主が早死にすると言われる家系のせいか、お寅のせいかは定かではない。

「やめてくれよ。あの大黒様のことじゃ、前からいろいろ言われてんだよ。いつまであのまんまにしておくんだとかさ、だらしがないとか」

「それは、政次さんだけのせいじゃないでしょう。上の人たちがいるじゃないの」

「そうだけどさぁ」

渋っている政次に作太郎が言った。

「とにかく、その恵比寿様を見せてもらいに行きませんか？　汐見大黒と同じ人が彫ったものなら、きっとすばらしいものですよ」

「そうだな。明日にでも行ってみるか。お高ちゃんも来てくれるだろ」

政次は当たり前のように言う。

「私もごいっしょしていいですか？」

作太郎が言った。

「もちろんです」

お高はすぐさま答えた。なぜか、政次が渋い顔をした。


洗い物をしていて、お高は自分が笑っていることに気がついた。

そんなことはめったにない。

なぜ、笑っているかといえば、明日も作太郎に会えるからである。

作太郎のことを好きなのだろうか。

好き、というのとは少し違う気がする。

いや、好きかもしれない。

けれど、それはみずみずしい大根が手に入って、どう料理しようかと考えるときのわくわくした気持ちに似ている。

朝起きて天気がいいとか、包丁が上手に研《と》げたとか、お饅頭がまん丸に蒸しあがったとか、なにかちょっとしたいいことがあったときのうれしい気持ちにも近い。

こういう気持ちになるのは、やっぱり清右ヱ門のことがあったからだろうか。まとまらない縁だったけれど、清右ヱ門の言葉は心に響いている。お高の閉じられた心にひとつの灯《あか》りがともったような出来事だった。

木更津に行ったことも関係しているかもしれない。海を見て、焼きたてのたけのこを食べて、おまけに伊平に会いに行った。人違いだったけれど、お高のなにかがふっきれたのも事実だ。

それまでお高は店のこと、料理のことばかり考えていた。思いつめていたと言ってもいい。丸九にこもり、出かけるといえば市場がせいぜい。前掛けが古くなったことも気づかず、化粧もせず、大根を洗ったり、いわしのわたを取ったり、そんなことに明け暮れていた。それで精いっぱいだったのだ。

けれど、清右ヱ門に会って、まっすぐな眼差しを受けて、木更津の海を見て気づいた。

それ以外の世界もあるのだ。

自分はもっと喜んだり、楽しんだりしてもいいのだ。

風が吹き込んだような気がした。

そのとき、裏口の戸をそっとたたく音がした。

戸を開けると政次が立っていた。

「さっき、長谷勝に寄って恵比寿様のこと頼んできた。明日、来てもいいってさ」

「ありがとう。手間だったね」

「まぁ、それはいいんだけどさ」

政次は何か言いたそうにしている。

「なに？　どうしたの？」

「うん、いやさ。あの作太郎って男にはあんまり近づかねぇ方がいいと思うよ」

「どうして？」

「なんか、食わせもんって気がする。あいつ、裏がありそうだ」

政次は苦い顔をした。

なぜ、いきなりそんなことを言いだすのだ。お高は困惑して政次の顔をながめた。

作太郎はおだやかな声でしゃべった。陶器のことをよく知っていたし、大黒や仏像のこともていねいに教えてくれた。

長谷勝の恵比寿様を見たいと言ったのも、純粋にすばらしいなた彫りを見たいと思ったからだろう。

「そうかしら。いい人だと思うけど」

「お前は世間知らずだからさ、そうやってすぐ人のことを信用する。双鷗画塾だっていろんな奴がいるんだ。焼き物なんて、山にこもったりするんだろ。何してるか分からねぇぞ」

政次がさっき剛太を叱ったときと同じ顔をしているのが意外だった。

「ご忠告ありがとうございます」

お高は素直に言った。

「まぁ、気をつけろ」

政次は肩をゆすりながら帰って行った。

上目遣いで甘えた顔で飯をねだったのも政次なら、偉そうに年下を叱るのも政次だ。家に戻れば亭主の顔、父親の顔をするのだろう。

自分はどんな顔を持っているのだろう。

ひょっとしたら丸九のお高の顔だけかもしれない。それはつまらないなと思った。

三

日本橋通町《とおりちょう》にある長谷勝は白壁の蔵造り、藍色《あいいろ》ののれんを掲げた大店《おおだな》である。店にはお客がひっきりなしに訪れて、番頭や手代《てだい》が忙しそうに働いている。

手代に恵比寿様を見に来たと告げると、お寅が出て来て、住まいに案内された。お寅はお高の肩ぐらいまでの背しかない。ひどくやせているから、目方はお高の半分くらいではなかろうか。背中も少し曲がっている。けれど口元はきりりとして、意志の強そうな瞳が光っていた。

「そうでござんすか。先生は双鷗画塾の方。うちの恵比寿様をごらんになりたいと。うれしいことですねぇ」

お寅は相好をくずした。

奥の座敷に行くと、床の間の赤い座布団の上に恵比寿様が座っていた。片手に釣り竿《ざお》、もう片方の手に鯛《たい》を抱え、にこにこと笑っている。

「こちらがその恵比寿様で、我が家を守っていただいております」

お寅が説明した。

大きさは汐見大黒とちょうど同じくらい。褐色の木肌はつややかで木目が美しい。丸く突き出した頬や細く弓のようになっている目は、なたのような大きな物で彫ったのか、刃物の痕《あと》が残っている。それが全体に生き生きとした印象を与え、今、彫りあげたばかりというような感じすらする。

やはり、この恵比寿像は汐見大黒と同じ人の手によるものではないのだろうか。

「噂以上に立派なものですねぇ。名人の作とお見受けします」

作太郎がほめると、お寅は目を細めた。

「先生のような方にほめていただけるなんて、光栄ですよ」

「失礼をいたします」

作太郎は恵比寿に近づくと、茶道の作法通りに両手をついて拝見し、小さくうなずいている。

「さすがに双鷗画塾の先生でいらっしゃる。お茶の心得がおありなんですね」

お寅は満足そうにうなずいている。

「加賀で焼き物の修業をいたしました折、少し習っただけです。ところで、この恵比寿様はいつ頃から、お宅にあるものなのでしょうか」

作太郎がたずねた。

「そうだねぇ。三代目の頃からだから、百年ほど前の話になりますか」

ある日、貧しい身なりをした仏師がたずねて来て、仏様を彫って諸国を歩いていると言った。

当主は信仰心が篤《あつ》く、仏画をたしなむ人だった。

「それで、その仏師を家に泊め、丁重にもてなした。旅立つ前にお礼にといって彫ったのが、この恵比寿様だと聞いている。商家だから、恵比寿様がいいでしょうと仏師が言ったそうだ」

その後、火事や地震、さらに頼りにしていた婿養子が次々早死にすると不幸を経験したが、家を守って来られたのはこの恵比寿様のおかげであると、お寅は言った。

「そのとき、ほかに彫っていただいたものはありませんか？　たとえば大黒様とか」

作太郎がたずねた。

「大黒様？」

お寅の目が光った。勘のいいお寅は三人の来訪の意味に気づいたらしい。

「なんだ。汐見大黒のことがあって来たのか。そうだねぇ。考えたこともなかったけれど、たしかに恵比寿大黒と言うし、大きさも同じようだ。同じ作者のものかもしれない。古い者なら知っているかもしれないよ」

相当な年に見えるお寅より、まだ年長の者がいるのか。口にこそ出さなかったが、お高の顔に出てしまったらしい。

「それがいるんでござんすよ。ほっほっほっ」

お寅は笑って、長谷勝で一番の年寄りだという女中を呼んだ。

「お呼びでございますか」と現れたのは、腰が曲がり、白髪を小さなお団子に結った女だった。

「恵比寿様のほかに、彫ったものがあるのかとおたずねである。お前は聞いたことがあるのか？」

お寅がたずねると、女は何かもごもごと答えた。歯がないらしく、何を言っているのか分からない。だが、お寅はうんうんとうなずいている。

「うちの恵比寿様を見て、ご近所からもいくつか依頼があった。大黒様はお隣に頼まれてつくったそうだ」

「お隣というと、みそ問屋の三州屋《さんしゅうや》さんですか？」

お高はたずねた。

「いやいや、あの家が越して来たのは割合最近なんだ。私が子供の頃には別の家があった。なんて言っていたかねぇ」

老女にたずねる。老女はもごもごと答える。

「そうそう、鍵屋さんだ。屋号が春本《はるもと》だから鍵春《かぎはる》」

けれど、そのお隣は越して行って、今はどこにいるのか分からない。大黒の行方も分からないということだ。

「分かりました。それでは、その鍵春さんはこちらで探してみましょう」

作太郎が言った。

そのとき、女中がお茶を運んできた。

「政次、それで汐見大黒の出どころを探してどうするつもりだよ」

お茶をすすめながら、お寅がたずねた。すり替えることばかり考えていたらしい政次はとっさに言葉が出ない。

「汐見大黒が油町のものだってことを証明しようってわけか」

「あ、まぁ、そういうことです」

「なんだか、やっていることがまだるっこしいねぇ」

　お寅はぎろりと政次をにらんだ。

「五年前の洪水の後、水がひいてすぐに大黒様を迎えに行けばよかったんだ。それをずるずるしているから、虫食いだらけの書き付けなんかが出てしまう。まぁ、せっかくこうやって双鷗画塾の先生がいらした前でなんだけどね、鍵春さんの居所が分かって、大黒様が油町で彫られたもんだって分かったところで、向こうはおいそれと返しちゃくれないよ」

　言いにくいことをずけずけと言う。

「まぁ、その通りなんですけどね。五年前に仕切っていたのは、俺じゃなくて二平《にへい》さんだから。あの頃、俺はまだ二平さんの下の使い走りだったからね」

「じゃあ、あんたは関係ないってわけか。そんな風に、自分は関係ない、前の人たちのせいだって言い逃れしているから話が進まないんだよ」

「なかなか向こうも頑固でさ」

「当たり前だよ。ただ行って返してくれって言ってまとまる話じゃないだろ。なんのためにそこに頭がついているんだよ」

政次がへたな言い訳をするものだから、お寅の説教は途切れない。政次は赤い顔をしてうつむいてしまった。

「では、そろそろお暇《いとま》しましょうか」

お高が口をはさめたのは、さすがのお寅も口が渇いたのかひと息ついたときだった。


ともかくも、一歩進んだ。

鍵春がどこに行ったのかを調べれば、大黒が油町のものだと証明できるかもしれない。

作太郎が双鷗画塾に日本橋の古い絵図があると言って取りに行き、政次は今の日本橋の絵図があると言う。それを丸九で並べて眺めてみようということになった。

作太郎が持って来た五十年ほど前の日本橋の絵図には鍵春という名があった。だが、二年ほど前につくられた日本橋の絵図には鍵春という鍵屋はない。作太郎は江戸老舗《しにせ》案内という名店を集めた本も持って来たので、それをめくった。

「日本橋がないなら、人形町《にんぎょうちょう》、神田と範囲を広げてみましょうか」

作太郎はこうした調べものに慣れているのかもしれない。ひとつひとつ段階を踏んで先に進んでいく。その姿がとても頼もしい。お高もつい熱が入った。

「商売替えをしたのかもしれないですねぇ」

お高が言うと、作太郎は膝を打った。

「なるほど。そうか、それも考えられますね。そちらの方の探索はお高さんお願いします」

お高と作太郎は頭を寄せて調べたり、考えたりした。

その様子を少し離れたところでながめていた政次は、歌うように言ってのびをした。

「どこに行ったんだろうねぇ、鍵春さんは……。あのさ、おふたりさん。そうやって苦労して鍵春を探したとするよ。訪ねて行ったら、そこんちの床の間に大黒様が座っているってこともあるんじゃ、ねぇのかなぁ」

「でも、それならそれで次の手がかりが見つかるんじゃないのかしら」

お高は少し腹を立てて言い返した。

そもそもこの話を持って来たのは政次ではないか。

どうしてそんな気のない言い方ができるのだ。

「汐見大黒が鍵春のものだったとすれば、油町のものだと証明できる。そうでなくても、なた彫りの見事な大黒様が拝見できる。どっちに転んでも、悪い話じゃないですよ」

作太郎もおだやかに言い含める。

「はいはい、分かりましたよ。少し休もうぜ。俺は疲れたよ」

ずっと休んでいたくせに政次はそう言うとふらふらと立ち上がって厨房《ちゅうぼう》に行き、戸棚の中からかき餅《もち》を見つけてきた。

「そういや、八幡《はちまん》神社の祭りのときに聞いたな。とっくの昔に引っ越して行った昔の氏子《うじこ》

から も、律儀に毎年酒や金一封が届けられるんだってさ」

かりぽりと音を立ててかき餅を嚙《か》みながら、政次が言った。お高と作太郎は思わず顔を見合わせた。

「それは奉加帳《ほうがちょう》を見れば分かるってこと?」

お高がたずねた。

「そうじゃないか」

やる気なさそうに政次が答えた。

「行きましょうよ。八幡神社」とお高。

「そうですよ。どうして気づかなかったんだろう。鍵春は八幡神社の氏子だったに違いありません」

もう少し休もうと言う政次をせきたてて、三人で八幡神社に行った。

神主にたずねると、うなずいた。

「木場《きば》の春本さんのことですかな。毎年、かならずお酒をお届けいただいております」

取り出した奉加帳をめくっていくと、力のある太い字で木場、春本とあった。

「あ、これですね。たしかに春本とある。こちらは今でも、鍵屋さんをしているのかしら」

お高は首を傾《かし》げた。

「おや、木場の春本さんのことはご存じないですか? 有名な方ですよ。手広く商いをしている材木商で、人助けに熱心。火事や水が出たときにはまっさきに炊き出しをされるんです」

神主が教えてくれた。

八幡神社を出ると、作太郎が顔をほころばせた。

「また一歩近づきましたねぇ。ここまで分かったら、木場に行くしかないですよ」

「私もそのつもりです。行ってみましょうよ」

いつの間にかお高は大黒の謎を調べることに夢中になってしまっている。

「なんだよ。これから木場かぁ。俺はもう疲れたよ」

政次がぶつぶつと文句を言ったので、「あんたが言いはじめたことだ」とお高は尻《しり》をたたき、腕を引っ張るようにして連れていく。

木場は材木の町だ。各地から運ばれてきた木材が浮かぶ川沿いを歩くと、風にのって杉や檜《ひのき》の香りが漂って来た。材木蔵の並ぶあたりを歩いて行くと、山の下に鍵と書いた印が見えた。春本、通称鍵春の店である。

豪商の並ぶ木場のあたりでも、春本は指折りの大店《おおだな》であるらしい。破風《はふ》をおいた店の構えの大きさでそれが分かった。

「日本橋油町の八幡神社の神主様の紹介で参りました。大黒様のことを教えていただきたいのですが」

政次が神妙な顔でたずねると、若主人が出て来た。

四十に手が届く頃か。丸顔の穏やかそうな顔をした男である。

「油町からいらしたんですか。それは遠くからわざわざ。どうぞ、おあがりください」

奥の座敷に通された。

「私どもがお守りしている大黒様はこちらです」

若主人が指し示す大黒を見て、お高は思わずため息をもらした。

床の間の赤いちりめんの座布団に座っていたのは、五寸ほどの小さな木彫りの大黒様だ。ふくよかなお顔は長谷勝のものとはまったく違っている。

「なた彫りではないんですね」

わざわざ木場まで足をのばしたが、ここで糸は切れてしまったのか。つい恨みがましい口調になった。

「おや、なた彫りの大黒様をお探しだったんですか？」

若主人は不思議そうな顔をした。

「怪我や病気を治すと言われる汐見大黒のことでしょう？　あれなら油町にお譲りいたしました。この大黒様は二代目になります」

「ええっ」

大きな声をあげたのは政次だった。

「じゃあ、汐見大黒は油町のものなんだね。そうだろ。そういうことだよな」

飛び上がらんばかりにして何度も言った。

「そのように、私どもは聞いております。初代が残した日記にもそう書かれています」

「ああ、ありがたい。やっぱり来たかいがあったよ。よかったよ。最初からそうじゃないかと思っていたんだ。申し訳ないけど、それをちょいと紙に書いてもらえないだろうか。証拠にしたいんだ」

すっかり元気になった政次は笑いが止まらない。長八をぎゃふんと言わせてやると顔に書いてある。

「せっかくいらしたのですから、お茶を用意させますからひと休みしてください。私が知っていることをお話ししましょう」

当主はお茶をすすめ、静かに語りだした。

「春本の家は私で七代目になります。初代は日本橋で鍵屋をやっておりました。屋号に鍵の字を残しておりますのは、そのことに由来します」

ある日、旅の仏師がたずねて来て、宿を乞うた。信仰心の篤《あつ》い初代は快く家に招き入れた。

仏師は酒好きだったそうだ。毎日昼過ぎにおきて散歩をしたり、店で働く者たちの様子をながめたりしてぶらぶらと過ごした。半月ほどたったある日、突然、家の裏にあった薪割り用のなたを借りると、裏の物置にこもって木を彫りだした。三日三晩かかって大黒像を彫り上げた。

「見事なできばえに初代は驚き、その話を伝え聞いた人々が集まって来ました。仏師は求めに応じて、仏像を仕上げたと言います」

長谷勝の恵比寿像もそのときに彫ったものという。長谷勝で聞いた話とは細部が微妙に異なるが、伝えられた古い話というのはそうしたものだろう。

以来、油町はにぎわい、長谷勝と鍵春の店は繁盛《はんじょう》した。

「恵比寿大黒は商いの神様ですよね。それがどうして、怪我や病気を治すことになったのですか?」

お高はずっと疑問に思っていたことをたずねた。

「不思議に思われるでしょうね。でも、そのことがあったから、私どもの今があるとも言えるのです」

若主人は穏やかにほほえんだ。

二代目の頃、江戸を焼く大きな火事があった。二代目は大黒を抱いて逃げた。家財は失ったが、家族は全員無事だった。

ところがその後に流行《はや》った疫病《えきびょう》に三歳の息子が倒れた。

「ひどい熱と下痢《げり》で大人たちはもちろん、力のない老人や子供たちはなすすべもなく亡くなっていったそうです。薬もなく、医者に見放されたその晩、家族は必死に息子の命を助けてくれるよう大黒様にお願いをしました。翌朝、不思議なことに息子の熱が下がり、命をとりとめることができました」

やがて、その話を伝え聞いた人々が次々やって来て、大黒をおがむようになった。大黒は多くの人の病や傷を癒し、いつしか汐見大黒と呼ばれるようになったという。

「その息子が三代目を継いだとき、鍵屋をやめて材木を扱うことになりました。日本橋から木場に移る際、三代目は自分の命があるのはこの大黒様のおかげだ、これからは、もっと多くの人の役に立ってほしいと、大黒様を油町に残しました」

生まれ育った油町への感謝の気持ちからだった。

「いい話ですねぇ」

作太郎が感に堪えないといった表情をみせた。

「その折に手に入れたのが、今、床の間にあります大黒様です。こちらに移りましてからもいいご縁をいただいて商いはうまくいき、今では使用人も日本橋にいた頃の三倍にもなっています。私どもは、ふたつの大黒様が力を貸してくれたからだと感謝しております」

若主人は語った。

三人は鍵春を辞して丸九に向かった。

政次は春本の主人に書いてもらった書き付けを懐《ふところ》に入れて、上機嫌である。これで、汐見大黒が油町のものだということが分かった。さて、この後、どう決着をつけようか。

すでに日は暮れて、空は深い青になっていた。星がまたたき、辺りは静かでお高は海の底にいるような気がした。

「江戸の町はどこに行っても水の匂《にお》いがしますね」

作太郎がつぶやいた。

江戸川に隅田《すみだ》川、神田《かんだ》川。その間に運河がはりめぐらされている。風向きによっては潮《しお》の香りがすることもある。

「今まで、そんなことを考えたこともなかったわ。山の方に行ったら山の匂いがするのかしら」

お高は首を傾げた。

「作陶《さくとう》をするときには山に何日もこもります。焼き窯《がま》の近くで寝泊まりして、火の番をするのです。日が落ちると、あたりが真っ暗になる。山の匂いが濃くなる」

この人は陶芸家だったと、お高は思い出した。

加賀で焼き物を学び、たまたま江戸に来ていると聞いた。いずれまた、どこかに行ってしまうのだろうか。

お高は淋しさを感じた。

丸九に戻り、今後のことを相談した。

「むしろ、これからが問題ですね。政次さんは、やっぱりあの大黒は油町のものだった、お前たちは嘘《うそ》をついていたと言って塩町から取り返しますか？」

作太郎がまじめな顔でたずねた。

「それは……今まで以上にもめることになりそうねぇ」

お高も首をひねる。

「あんないい話を聞いた後で、妙なごり押しはしたくねぇなぁ」

政次も考えている。

「やっぱり、長谷勝の恵比寿様をみなさんのものにさせていただくのはどうでしょうか」

作太郎は最初の案を主張した。

「それは無理だよ。あんただって、あのばあさんに会っただろう」

「でも、鍵春の例があるでしょう。みんなに感謝されて商売繁盛。いいお婿さんもきっと来ます。そう言ってみればいいんじゃないかしら」

お高も長谷勝を説得するのが一番という気持ちになってきた。

「そんな風にうまくいったらいいけどな」

しかし、相手はあの長谷勝の大おかみである。いいお婿さんが来ますなどという空手形《からてがた》が通用するとは思えない。

「そうだわ」

お高はひらめいた。

「作太郎先生、大先生に恵比寿様の絵を描いてもらってくださいよ」

「大先生って双鷗先生のことですか？」

作太郎は驚いた顔をした。

「恵比寿様の絵を描いていただいて、長谷勝さんの恵比寿様と取り換えていただくんです」

「うん。それはいいな。双鷗先生の絵なら長谷勝のばあさんも納得する」

政次も賛成した。

「うーん。悪くはないですね」

作太郎はふむふむと考えている。

「頼めないことはないですが、先生の絵は高いですよ。三十両はいただかないと」

作太郎がすらりと口にしたので、お高は声をあげた。

「絵、一枚で三十両か？」

政次の細い目がまん丸になっている。

「だって、考えてもみてくださいよ。一両や二両の絵を持って行って家宝の恵比寿様と取り換えてくれって言って、長谷勝の大おかみがいい返事をすると思いますか？　本当なら百両、二百両する絵だけれど、こういうわけだから特別に三十両で描いてもらいましたと言って、初めて納得するんじゃないですか？」

「そりゃあ、そうだな。理屈だわ」

「そのお金はどうしよう」

「そりゃあ、寄進してもらうしかねぇだろ。油町のみんなのためになることなんだからな。……よし分かった。俺が油町の家を回って金を集める。だから、先生は大先生に頼んでくれ」

　政次が膝を打つと、作太郎もうなずいた。


　こういうことは段取りと根回しが大事だ。

まずは双鷗に絵を依頼できるか打診し、了承を得られたら長谷勝の大おかみにあたる。その際には町の年寄りに口を利いてもらった方がいいかもしれない。

そんな風にして動きだした。

お高は子供の頃から世話焼きで、他人のために動くことをいとわなかった。丸九をはじめてから店の仕事に専念していたが、今回のことでその気持ちに火がついたようだ。

「どうしたんですか、今日は。なんだか、この頃張り切っていますよ」

お栄がからかう。

「顔が生き生きしてる。うれしいことがあるの？」

お近にもたずねられた。

作太郎が双鷗に話を通したから来てもらえないかと連絡があり、お高と政次は正装して、双鷗画塾に向かった。

玄関から中に入るのは初めてである。

一階では、十人ほどの塾生たちが絵を描いていた。双鷗の絵だろうか、お手本を見ながら模写をしている者、かごの小鳥を描いてる者、さまざまである。私語はない。聞こえるのは紙をめくる音、筆が走る音ばかりだ。

作太郎は二階の奥の部屋に案内した。

襖《ふすま》を開けると、やせた小さな背中が見えた。茶筅髷《ちゃせんまげ》の男が文机《ふづくえ》に向かっている。

「先生、お連れいたしました」

「あい、分かった」

振り向いた顔に見覚えがある。丸九にひとりで来て、静かに飯を食べ、徳兵衛の駄洒落《だじゃれ》に笑う男である。

この人が双鷗だったのか。

「丸九のおかみです。いつもありがとうございます」

お高は礼を言った。

「こちらこそ。以前、上手に飯を炊く塾生がいたんです。その男が上方《かみがた》に行ってしまって、また飯がまずくなった。贅沢《ぜいたく》は言えないからそれを食べてはいますけれどね。まぁ、そんなわけで、時々、お宅に寄らせてもらっているんですよ」

やさしい顔で言った。

「では、相手は俵物屋さんで恵比寿様。画料は三十両ということで、よろしいですかな」

双鴎は請け負った。

長谷勝にはお寅と親しくしている薬種《やくしゅ》問屋の主人を間に立てて話を通した。

もちろん最初は渋った。

だが、双鴎の絵が出来上がり、見せると気持ちが変わった。

双鴎の絵がすばらしかったのである。

まず恵比寿様のお顔が福々しい。片手に鯛、もう片方の手に釣り竿を持った姿が堂々としている。しかも、傍《かたわ》らに描かれた俵の中身はいりこ、のし鮑《あわび》、ふかの鰭《ひれ》。長谷勝の商売物なのだ。

お寅は大喜びで掛け軸に仕立てると、京下りの表装屋に預けた。

しかし、これが裏目に出た。集まりはじめた寄進がぴたりと止まったのだ。

「なんだよ。得するのは長谷勝だけじゃねぇか」

「大黒様が戻って来るんだったらともかく、長谷勝の恵比寿様だろ」

「長谷勝に払ってもらえよ。五百両、千両する絵だっていうじゃねぇか」

いくら双鴎でも千両はするはずがない。話に尾鰭《おひれ》がついている。長谷勝が寄進に十両をはずみ、そのほかは一両にも満たない。

「あのばあさん、やっぱり人望がねぇんだよ」

政次は腐った。

何度目かの集まりが丸九で開かれた。

頭をひねる政次、作太郎、お高の背中にお栄のつぶやきが聞こえる。

「やっぱり正面から塩町にあたって、汐見大黒を返してもらうしかないんじゃないですかぁ」

その通りである。お高は腹をくくった。

「分かった。私が長八に会って話をしてくる」

「大丈夫か?」

「いいんですか?」

政次と作太郎が心配顔でたずねた。

「だって政次さんが行ったら喧嘩になるし、作太郎さんは油町の人間じゃないし。私が行くしかないじゃないの。任せてちょうだい」

お高は胸をたたいた。

塩町の汐見大黒の脇にお高が立っていると、見たことのある若者がちらちらこちらを見ている。

「長八さんに話があって来たのよ。長八さんを呼んでおくれ」

わざと伝法《でんぽう》な言い方をすると、若者は消えて、しばらくすると長八がやって来た。

「なんでぇ、丸九のお高さんじゃねぇか。何の用だ？」

「ここらで汐見大黒様の話をまとめようと思って来たのよ。あんた、木場の鍵春って材木屋を知っている？」

「知らねぇな」

長八はとぼけた。

「汐見大黒の元の持ち主。どうして怪我や病気を治すことになったのか、来歴も書いてもらったの。ここにあるけど、塩町の書き付けより信頼がおけそうよ」

お高が言うと、長八は「しまった」という顔になった。

ほら、ごらん。さあ、これからが勝負だ。

ぐいっと一歩前に出た。

「それで相談なんだけど、あんたたちもひと口乗らない？　そうでないと、手柄をみんな政次に取られちゃうわよ」

長八の眉が動いた。

「ゆっくり話そうじゃねぇか」

近くの茶店に行った。

汐見大黒は油町に、代わりに同じ仏師が彫った恵比寿様を譲る。そう言ったら、長八は何を言っているんだという顔をした。

「見れば分かるわよ。本当にいいお顔をしているの。つまりはお互いの顔が立てばいいんでしょ。意地の張り合いをしているだけなんだから。油町は汐見大黒が戻って満足、塩町は新しい恵比寿様にいらしてもらって満足。そんなところでどうかしら」

長八はしばらく考えていたが、にやりと笑った。

「そうだな。そのあたりが落としどころかもしれねぇ。へへ。お高さんは話がうまいなぁ」

汐見大黒が戻るということになって、寄進も集まるようになった。それでも十両がやっと。困っていると、作太郎がやって来た。

「大先生から預かりました」

袱紗《ふくさ》包みの中には十両が入っていた。

「いや、そんなことをしていただいては困ります」

お高は袱紗包みを押し戻した。

「忘れちゃいませんか？　双鷗画塾もご近所様じゃないですか」

たしかにそうであった。

「町の方々が十両、長谷勝さんも十両、大先生も十両を出して、三方十両ずつ。寄進に三方十両の損となぞらえては申し訳がありませんが、おさまりがいいのではないかと先生がおっしゃっていました」

それでありがたくいただくことにした。

八幡神社の大祭の日に合わせた汐見大黒の引っ越しは盛大に行われ、町内の人々に餅《もち》が配られた。今回のことでは長谷勝のお寅もひと肌脱いだと、みんなにほめられて機嫌がいい。

お高がふと見ると、お近と剛太がいっしょにいた。松吉の姿はない。剛太が松吉と決闘し、お近を勝ち取ったという噂を聞いたが本当のところは分からない。

何日かして、しばらく姿を見せなかった作太郎がふらりと店にやって来た。

その日は鮎の甘露煮に薄揚げと青野菜のさっと煮、大根のみそ汁にわらび餅だった。

作太郎は気持ちのよい食欲をみせる。

「ありがとうございます。最後に鮎の甘露煮が食べられてよかった」

最後とは？

お高は聞き返した。

「山に行くことにしました。土をこねて、器を焼くのです」

「江戸にはしばらく戻られないのですか？」

「そのつもりです。少しは納得のいくものをつくりたいのです」

以前、同じようなことを言って旅立っていった男がいた。必ず戻ると言ったけれど、それからもうずいぶん時がたった。

「甘い物はいいですね。幸せな気持ちになる」

作太郎は屈託《くったく》のない様子で言った。その笑顔が憎らしい。

「お高さん、手を見せてください」

いきなりお高の手を取った。

「大きいでしょう。女の手じゃないみたいって言われます」

お高は赤くなった。

「いい手ですよ。強くて器用な働く人の手だ。この手にあう茶碗《ちゃわん》を焼いてきますよ」

作太郎はもう一度繰り返した。

「あなたの手にあった茶碗を焼いてきます」

それはここに戻って来るということだろうか。お高を思ってくれているということだろうか。

「待っていますね。どうぞ、ご無事で」

それだけ言うのがやっとだった。お高の言葉に作太郎はうなずいた。

店の前で見送って、戻るとお栄とお近の顔があった。お近は笑顔だ。お栄は笑っているのか泣いているのか、分からないような顔をしていた。

店の奥の惣衛門、お蔦、徳兵衛もこちらを見ていた。

「いい男でしたねぇ」

惣衛門が言った。

「待つっていうのも、楽しみなもんだよ」

お蔦が続ける。

「まったく、お高さんは待ってばかりじゃないですか」

厨房でお栄がぶつぶつ言っている。

「茶碗は必ず来ますよ。陶芸だけにやりとう、げ、い、ます」

徳兵衛の駄洒落に、お蔦が小さく肩をすくめた。

お高の料理指南

徳兵衛のお気に入り、きんぴらごぼう

ポイントはパチパチ元気のいい音が出るくらいの温度でよく炒めること。
そうすると野菜の味が濃くなって、しっかりと甘みが出ます。

【材料】（2人分）
にんじん……5cm
ごぼう……20cm
ごま油……大さじ1
赤とうがらしの小口切り……少々
砂糖、しょうゆ……各大さじ1
一味または七味唐辛子……適宜

【作り方】
1 にんじんは皮をむいて縦四分の一にして、斜め薄切りに。ごぼうは皮をよく洗い、縦半分に切って、斜め薄切りにして水に2、3分さらしておきます。
2 鍋にごま油を入れ、赤とうがらしの小口切りを加えてから火をつけ、香りを出します。香りがたったらにんじん、ごぼうを一緒に入れます。
3 野菜に油が回って膨らんでくるまでしっかり炒めます。
4 砂糖を入れて炒め、砂糖が溶けたらしょうゆを加え、水気がなくなるまでよく炒めて出来上がり。
＊フライパンで作るときは小さめのもので。

お蔦も大好き、わらび餅

ぷるぷるの口あたりが人気の和菓子。
時間がたつとかたくなるので、お早めにどうぞ。

【材　料】わらび粉……50g　砂糖……20g
（4人分）水……300cc　きな粉・黒蜜……適宜

【作り方】
1　ボウルにわらび粉を入れ、分量の水から少し加えて、指先でわらび粉のかたまりをつぶしながら溶かしていきます。ダマがない状態まで混ざったら、残りの水と砂糖を加えて、木べらで混ぜます。
2　1を鍋に入れ、中火にかけながら木べらで鍋底をこするようにして混ぜ、生地が半透明になり、十分にねばりけが出るまで練ります。
3　鍋底から生地が離れるようになったら火を止め、生地が熱いうちにきな粉を広げたバットに取り出し、上からもきな粉を振りかけ、ひと口大に切り分けます。
4　冷めたら器に盛り、黒蜜をかけて召し上がれ。
＊冷蔵、冷凍とも不可。

本書は、ハルキ文庫のために書き下ろされた作品です。

時代小説文庫
な 19-1

一《いち》膳《ぜん》めし屋《や》丸《まる》九《きゅう》

著者　中《なか》島《しま》久《ひさ》枝《え》
2019年4月18日第一刷発行

発行者　角川春樹

発行所　株式会社 角川春樹事務所
〒102-0074 東京都千代田区九段南2-1-30 イタリア文化会館

電話　03(3263)5247[編集]　03(3263)5881[営業]

印刷・製本　中央精版印刷株式会社

フォーマット・デザイン&シンボルマーク　芦澤泰偉

ISBN978-4-7584-4251-0 C0193

http://www.kadokawaharuki.co.jp/[営業]
fanmail@kadokawaharuki.co.jp[編集]　ご意見・ご感想をお寄せください。